心一堂 金庸學研究叢書 潘國森系列 金庸詩詞學

話說金庸（增訂版）

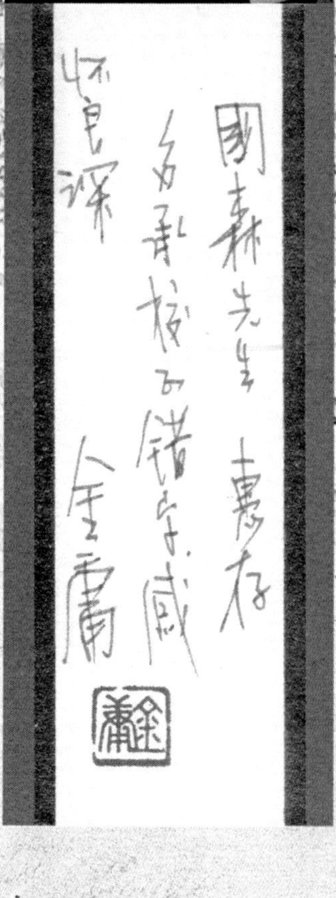

潘國森著

Śūnyatā

書名：話說金庸（增訂版）
系列：心一堂　金庸學研究叢書　潘國森系列　金庸詩詞學
作者：潘國森
責任編輯：心一堂金庸學研究叢書編輯室
封面設計：陳劍聰

出版：心一堂有限公司
通訊地址：香港九龍旺角彌敦道610號荷李活商業中心十八樓05-06室
深港讀者服務中心：中國深圳市羅湖區立新路六號羅湖商業大厦負一層008室
電話號碼：(852) 90277120
網址：publish.sunyata.cc
電郵：sunyatabook@gmail.com
網店：http：//book.sunyata.cc
淘宝店地址：https：//shop210782774.taobao.com
微店地址：https：//weidian.com/s/1212826297
臉書：https：//www.facebook.com/sunyatabook
讀者論壇：http：//bbs.sunyata.cc

版次：二零二零年二月初版

平裝

定價：港幣　一百二十八元正
新台幣　五百五十元正

國際書號　978-988-8583-06-5

香港發行：香港聯合書刊物流有限公司
香港新界大埔汀麗路36號中華商務印刷大廈3樓
電話號碼：(852)2150-2100　傳真號碼：(852)2407-3062
電郵：info@suplogistics.com.hk

台灣發行：秀威資訊科技股份有限公司
地址：台灣台北市內湖區瑞光路七十六巷六十五號一樓
電話號碼：+886-2-2796-3638　傳真號碼：+886-2-2796-1377
網絡書店：www.bodbooks.com.tw
台灣秀威讀者服務中心：
地址：台灣台北市中山區松江路二0九號1樓
電話號碼：+886-2-2518-0207
傳真號碼：+886-2-2518-0778
網址：www.govbooks.com.tw

中國大陸發行 零售：深圳心一堂文化傳播有限公司
地址：深圳市羅湖區立新路六號羅湖商業大厦負一層008室
電話號碼：(86)0755-82224934

心一堂微店二維碼

心一堂淘寶店二維碼

目錄

為二十世紀中國最偉大小說家金庸搖旗吶喊喝道鳴鑼

海寧查良鏞先生，以金庸筆名發表一系列武俠小說。金庸武俠小說自六十多年前出世即超越前賢，一直獨領風騷。已故文學批評家陳世驤教授稱譽為：「今世猶只見此一人而已！」金庸的好友著名小說家倪匡先生則有「古往今來、空前絕後」之評，此說多被批為「不科學」，因為「空前」可證，「絕後」難斷。金庸於二〇一八年離世，有論者以若干年「一出」或「不出」褒揚，或百年、三百年、五百年，不一而足，與「空前絕後」說神似。

筆者成年以後讀書學習，皆以中國傳統文化為主。少年時則學理學工，略知數理邏輯，深知此等「百年不一出」、「數百年一出」之論，不免有信口開河之弊。

淺見以為「金庸是二十世紀中國最偉大的小說家」之論斷，四平八穩、無可非議。故此可以「搶先登記」，評由潘出，與陳說「只見此一人」可共相印證。

這樣沒有說金庸是最偉大的文學家、作家，只說是最偉大的小說家，還將時效局限在已為歷史的二十世紀，這樣就十分保險妥當了。

當代科學哲學家波普爾（Karl Popper，一九〇二至一九九四）提出「可以否證」（falsifiability）

的學說，認為一個「命題」能夠被某種證據「否證」，這個「命題」才是「科學」（scientific）的論述。在此可以補充一下，不能「否證」的「命題」不一定假，只不過是「非科學」（non-scientific）而已。所以，倪先生說的「金庸小說古往今來空前絕後」，這話不能算是「不科學」（not scientific），而是「非科學」，即是「與科學不沾邊」而已。

我說「金庸是二十世紀中國最偉大的小說家」，就不怕懂得「科學哲學」的高明君子，跳出來笑說潘某人「不科學」了。如果有人認為金庸的武俠小說不是第一，大可以拿還珠樓主或梁羽生（或其他作家）的作品，來證明有人武俠小說寫得好過金庸。換言之，只要九州宇有那一位看官能夠請出另一位二十世紀的中國小說家，小說寫得比金庸更偉大，就可以「否證」我這個說法。至於有位讀者說「金庸是N百年一出的作家」，則大家都沒有辦法「否證」此說，於是此說就是「非科學」了。

查先生以逾九高齡辭世，按中國人傳統的習俗，既然福壽全歸，該是「笑喪」，不應傷感。不過，這樣一位偉大的小說家終於走到人生的盡頭，總不免標誌著一個時代的終結。我們這些因讀其書而獲益良多的讀者，理所當然有責任表揚他在中國文學史上的地位，還應該用自己最好的心得，品評金庸武俠小說，讓當代年輕小朋友、以至後代中國讀書人不可錯過這些劃時代的小說傑作。

作家金庸在生之日，不只一次謙遜地明言，大家研究他的小說，最好不要稱為「金學」，說是「金庸小說研究」就是。這樣的陳述十分平實，不過文學研究向來有內部研究和外部研究之別。內部研究只針對作品本身；外部研究則可以旁及作品產生的背景，包括作者本人的經歷、學習、交遊，以至時空環境。

為此，心一堂將自家出版刊行所有與金庸武俠小說相關的專著論述，收入「金庸學研究叢書」，「金庸學」的研究範圍，除了金庸賴以名垂中國文學史的小說之外，還可以包括這位偉大作家畢生發表過的所有文字，與及他的一生經歷。

查先生離世一載，「金庸學研究」這個「現當代中國文學」入面的重要分枝已經產生了大量新的著述。心一堂已刊行和將要出版的單行本書籍，當在三四十種以上。如果還有海內外的讀者、研究人員有話要說，又願意與心一堂合作出版的話，我們這個「金庸學研究叢書」還會繼續壯大起來。

此下略作小結。

王怡仁大夫是金庸版本研究的大宗師，作品如下：

《金庸武俠史記〈射鵰編〉三版變遷全紀錄》

《金庸武俠史記〈神鵰編〉三版變遷全紀錄》

《金庸武俠史記〈倚天編〉三版變遷全紀錄》

《金庸武俠史記〈天龍編〉三版變遷全紀錄》

《金庸武俠史記〈笑傲編〉三版變遷全紀錄》

《金庸武俠史記〈鹿鼎編〉三版變遷全紀錄》

《金庸群俠身心靈診療室——蝴蝶谷半仙給俠士俠女的七十七張身心靈處方箋》

當中〈神鵰編〉和〈天龍編〉將在二〇二〇年初刊行面世。此中〈射鵰編〉和〈神鵰編〉分別是二〇一四年，心一堂作為九十歲生日賀禮獻給金庸先生的《彩筆金庸改射鵰》和《金庸妙手改神鵰》兩書的全新增訂版。

王大夫懸壺濟世，業餘寫作計劃龐大，我們費盡唇舌，才請得動王大夫整理好「金庸小說六大部」的「版本回較」，他說甚麼也不肯完成其餘各中短編金庸小說的同類比較。

好在「德不孤，必有鄰」，我們有辛先軍先生接力。

辛先軍作品共兩種：

《金庸武俠史記〈書劍編〉〈碧血編〉——探尋金庸的修訂心路》

《金庸武俠史記〈白・雪・飛・鴛・越・俠・連〉編——探尋金庸的修訂心路》

王前辛後，心一堂「金庸武俠史記」全八種，為讀者全面比較了十五部金庸武俠小說增刪改寫的前後面貌。

「白雪飛鴛越俠連」的次序，是用《白馬嘯西風》、《雪山飛狐》、《飛狐外傳》、《鴛鴦刀》、《越女劍》、《俠客行》、《連城訣》七部作品的第一字組合。這樣安排，純粹是為了讓這七字組成的七言句，合乎今體詩的格律要求，讓大家唸來順口。這樣就不怕日後被各方詩人詞客笑話心一堂上上下下不通詩律了。

還有歐懷琳詩人未完的任務：

《金庸商管學——武俠商道（一）基礎篇》（二〇一四年《武學商道》增訂版）

《金庸商管學——武俠商道（二）成道篇》

歐詩人「金庸商管學」每一章都先來一詩七言律詩，所以我們要預防給他「抓小辮子」，在編輯辛先軍先生的作品設定書名時，就建構好適當的防禦工事。歐詩人是個顧家的好男兒，為了家小，他的「武俠商道（三）入魔篇」老是未肯交卷。心一堂編輯部雖是發了「全球通緝令」多時，仍未能取得亦儒亦商歐詩人那「入魔篇」的最後定稿，所以「武俠商道（三）」何時能夠面世，就成為本「總編輯」年年月月擔憂被心一堂最高領導追究責任的無形負擔。讀者諸君如果知道歐詩人的下落，敬請：（一）代為懇求詩人交卷；（二）賜告歐詩人仙居何方，以便緝捕歸案！

金庸武俠小說，毫無疑問是歷來引入佛法佛說最多的同類作品。我們有鄺萬禾醫生的力作：

《金庸小說中的佛理》

是書短小精幹，卻是我們所見截至今天為止，以佛學佛理為讀者導讀最佳妙的「金庸學研究」作品。

「金庸雅集」則是集體創作，現已刊行兩種：

《金庸雅集——武學篇》

《金庸雅集——愛情篇影視篇》

前者是寒柏、愚夫共著；後者是寒柏、鄺萬禾、潘國森、許德成合集。

二〇一九年也是潘國森的大豐收年。共刊六種，為五新一舊，與王怡仁大夫五新兩舊差不多。

共計：

《金庸與我——雙向亦師亦友全紀錄》

《金庸命格淺析——斗數子平合參初探》

《金庸詩詞學之一：雙劍聯回目　附各中短篇詩詞巡禮》

《金庸詩詞學之二：倚天屠龍詩　附射鵰三部曲詩詞巡禮》

《金庸詩詞學之三：天龍八部詞　附天龍笑傲詩詞巡禮》

《金庸詩詞學之四：鹿鼎回目　附一門七進士叔姪五翰林》

當中《金庸詩詞學之四》是二〇一四年《鹿鼎回目》的增訂版。「小查詩人」查良鏞原來是查昇的後人！我們少不更事的小讀者無可避免會先入為主以為他是查慎行的後人。

在二十世紀末，潘國森原本計劃了「解析系列」，後來以因緣未盡和合，沒有好好完成，對讀者有「寒盟悔約」之嫌。現在取巧一些，《金庸詩詞學之二》算是《解析倚天屠龍記》的替代品；《金庸詩詞學之三》則算是《解析天龍八部》的替代品；《鹿鼎回目》則是《解析鹿鼎記》的替代品。

剩下來還有《解析神鵰俠侶》，這書構思多時，或可在二〇二〇年之內完成，這樣就可以為我研究金庸武俠小說這個人生最龐大的讀書計劃寫上句號。

不過，心一堂領導還是決定要本「小編」先將舊作《話說金庸》、《總論金庸》、《武論金庸》和《雜論金庸》增訂重刊。然後才是原先未完的「解析系列」。

上述都是屬於「金庸學研究叢書」入面，文學作品的內部研究。二〇二〇年，心一堂還要刊行蔣連根先生的「外部研究」成果。

海內外金庸小說讀者長年累月不斷一而再、再而三重讀這些武俠小說頂峰之作，大家都把作者查良鏞先生當為最好的中國文史老師，對「查老師」的學習經歷、奮鬥過程和交遊必定有興趣。

蔣連根先生是查先生的同鄉小友，也是同行的一位資深記者，我們會陸續刊行蔣先生介紹查良鏞先生一生接觸過為數上百的尊長師友和讀者論者的交誼始末。主要是蔣先生兩部暢銷作品《金庸自個兒的江湖》和《金庸和他的家人們》的「足本」全新增訂版。

讀者諸君願意花時間讀拙文至此，諒來都深愛「金庸武俠小說」。潘國森在此誠邀大家一起：

為「二十世紀中國最偉大的小說家金庸」搖旗吶喊、喝道鳴鑼

以永誌我們有幸有緣，與海寧查良鏞先生活在同時同地，還有過或長或短、或深或淺的交集。

潘國森

二〇一九年歲在己亥仲冬之月

於香港心一堂

《話說金庸》增訂版序

《話說金庸》動筆於一九八五年，翌年由沈登恩先生的遠景出版社在台灣推出初版，至今超逾三旬。中國人傳統上以三十歲以前為少年，三十後是中年，五十後則是老年。現在重閱當年「少作」，筆者已由少年步入老年了。這部書是第一次寫整整的一部單行專著，原始書稿都是一筆一劃寫在原稿紙上，刊行之後還有餘稿未用，然後寫作轉為電腦化，餘稿都用中文電腦打字存檔。到了下一次再刊行「金庸學研究」專著，已經是八年之後《總論金庸》，筆者的寫作已是全電腦化時代。

這書不在香港出版而跑到台灣，還有些特別的因緣。書稿完成之後，很自然投稿到香港一家曾經刊行「金學研究」專著的出版社。出版社的主事人看過書稿之後，回說這個「熱潮」已過，他們無意出版。於是筆者就「毅然」投稿到台灣去給沈先生，當時心中還有點賭氣，影印副本都不用留了！還好，沈先生既是大力玉成金庸小說以正版面貌登陸台灣的功臣，他沒有認為「金學研究」的熱潮已過，於是筆者寫的第一部書，就竟然在當時未曾踏足過的台灣面世！

用中文電腦寫作，跟傳統的書寫文字是截然不同的文藝活動。手寫一般要先有一個筆錄或在腦中的大綱，初步定了章節段落，然後才去細化、搜集資料，最後才真正動筆。初稿寫完後要加插段落很麻煩，有時還要幹「裱糊匠」的活。用電腦寫作就完全不是這麼回事，大綱仍然會有，但是到了實際運作，原先的計劃可以一改、再改、三改，都非常方便。編輯文字段落如前後轉移、增刪改寫都輕而易舉。這樣的壞處是寫作就再沒有一氣呵成的可能了。就如這篇序，也是邊寫、邊想、邊改、邊補、邊移，才成為現在的面貌。

本書的作意，主要是反對倪匡先生的「金學」，他在上世紀八十年代揭起「金學研究」的序幕，《我看金庸小說》、《再看金庸小說》、《三看金庸小說》，然後《四看》、《五看》，帶起風潮。倪先生有許多結論筆者不能同意，於是打算寫點文字表達我的相反觀點，然後就有了這部才六萬字的小書。這部書的寫法，預先假定了讀者已經大致讀完了全套金庸武俠小說，這樣書中的跨書橫向比較才有意義。或許正正是這個緣故，有不少朋友後來反映，說我的書一會兒評評這、一會兒論論那，跳來跳去的，讀來有點吃力。對於這些意見，筆者只能說：「這也沒有辦法，無法勉強。」然後過了許多年才有一部「金庸學研究」只專論一部金庸小說的想法。

《話說金庸》面世最早，也是筆者各種「金庸學研究」作品之中，較多中國內地讀者有緣得見的一部。世紀之交出席「二〇〇〇北京金庸小說國際研討會」，會議期間一位教授問我寫這書時年紀多大，我如實說大學畢業之後不久，大概二十來歲的年紀吧！教授似是有點愕然，笑說你二十來歲已寫出這樣的成績，看來我的書也不必寫了！當年還未讀到《弟子規》的：「聞過怒，聞譽樂；損友來，益友卻。聞譽恐，聞過欣；直諒士，漸相親。」說實話，一時還反應不過來，算是啞口無言吧！那時筆者已再刊行了六部「金庸小說研究」，即《總論金庸》、《雜論金庸》、《武論金庸》（以上由明窗出版社刊行）、《解析金庸小說》、《解析笑傲江湖》和《解析射鵰英雄傳》（以上由次文堂刊行）。

教授的話當是溢美的客套話，他的金庸研究專著後來還是出版了。如果說潘某人於「金庸學研究」的領域，在產量和成績上都多過教授，那也只是因為兩家各自做學問的專注點不同而已。教授在大學本業的教學、研究和管理任務繁重，閱讀金庸、研究金庸只佔他老人家智力活動的一個很小部份。「金庸學研究」則是筆者人生一個規模最大的研習活動，而寫作畢竟佔用了筆者大部份的業餘時間。

二〇〇〇年的研討會，筆者較遲才被通知有這一次盛會，三數天就寫了《問世間情是何物》一文，算是交得了差。此文收錄在《金庸與我——雙向亦師亦友全紀錄》（心一堂，二〇一九）。

今天的我回頭去看昨天的我，無需「悔其少作」，《話說金庸》原書中大部份重要觀點都沒有太大的改變，內文的文字也不必大幅修改。今次增訂，主要在引用金庸小說原文時補回了那段文字來自那一部書的那一回。原先只用了香港明河社出版的修訂二版《金庸作品集》的頁碼，如果大家拿在手中的小說出自不同編次版本，這個頁碼就會變成牛頭不對馬嘴了。

還有在個別段落之後加入補記，順道談談有些當年沒有解說出處來歷的用典用詞。本書的老讀者如果再願意掏腰包買這增訂版，總得要給些各位看官沒有讀過的文字，方才算是對得起讀者。

金庸武俠小說大致有三個版本。

第一版是報上的連載，因為小說大受歡迎，於是有作者授權一邊連載、一邊儘快推出的合訂本和其他爭先恐後的盜版本，筆者稱之為「舊版」。發表時期約為一九五五年至一九七二年。

第二版是上世紀七十年代作者陸續修訂，由明河社負責出版的三十六大冊版，筆者稱之為「修訂二版」。這版是作者在在六十歲以前，以最佳心得修改的版本，大概在八十年代初完成。

第三版是由一九九九年開始再次修訂，數年內全部刊完，筆者稱之為「新三版」或「世紀新三版」。

讀者如有興趣了解三版的差異，可參考王怡仁醫生的《金庸武俠史記——三版變遷全紀錄》系列（共六種），詳細比較六大部，即《射鵰英雄傳》、《神鵰俠侶》、《倚天屠龍記》、《天龍八部》、《笑傲江湖》及《鹿鼎記》；與及辛先軍先生《金庸武俠史記——探尋金庸的修訂心路》系列（共兩種），涵蓋金庸其餘九部中短篇武俠小說。

筆者可以說是屬於「修訂二版」的一代讀者，因此拙著多種「金庸學研究」專著都是以「修訂二版」作為基本材料，只在個別情況才會兼及「舊版」和「新三版」，敬希讀者垂鑑。

因為這部《話說金庸》沒有留底，這回重新增訂舊文，還得要感謝「金庸學研究」的友好、《金庸筆下的文史典故》作者陳志明先生幫忙，「復原」這份三十多年前舊功課的電子文檔，特此致謝。

是為序。

潘國森
二〇一九年己亥孟冬
序於香港心一堂

自序

《漢書・藝文志諸子略》有云：

小說家者流，蓋出於稗官，街談巷語，道聽塗說者之所造也。孔子曰（據《論語》所載，當為孔門弟子卜商所言）：「雖小道必有可觀者焉，致遠恐泥，是以君子弗爲也。」然亦弗滅也。閭里小知者之所及，亦使綴而不忘。如或一言可采，此亦芻蕘狂夫之議也。

可惜班固出生得太早，沒有機會見到精彩的小說，也沒有機會見到小說由「小道」變成「大道」。自來小說之中以《紅樓夢》的影響力至為深遠，研究的論著極多，遂成了一門學問，叫作「紅學」。許多人把畢生精力都盡數消磨其中，恐怕也不能算是小道了吧！

而許多人認為金庸小說不是正統文字，難登大雅之堂，但是甚麼才算是正統呢？一件文學作品應該由誰人去判決是不是正統呢？

其實文學作品不必正統，只要好看，有深度便足夠了。想詩經中的作品甫出世之時，必以頌、雅為正統，諸國風自是芻蕘狂夫之議，但是國風的藝術價值卻是最高。一件偉大的文學作品除了要寫作技巧高明和文學運用精練之外，還應該對人性善良的一面加以表揚，醜惡的一面加以鞭撻或者二者兼備，我相信金庸小說確能做到這些，至於正統不正統的實在無傷大雅。或許等到有教育界人士敢於選取部分金庸小說作為國文科的教材，就再也不會有人稱之為「難登大雅」之堂。

小說對人的影響力大到不可思議，關於這一點，梁啟超的《論小說與群治的關係》一文剖析的最為透徹。梁氏認為小說之為讀者喜愛甚於其他文學作品是有兩大原因。第一是人性通常不能以其所處之境界得到滿足，故希望間接接觸平時難以到達之境，而小說卻可以引導人漫遊於不同的境界。第二是常人所經歷的事情，往往行而不知、習而不察。哀、樂、怨、怒、戀、駭、憂、慚諸般情狀，心難自喻，口難自宣，筆難自傳。若有小說家將人生諸般情狀寫出，搔著癢處，自能感人至深。

梁氏又認為小說之支配人道，還有四種力量，名之為熏、浸、刺、提。熏者，薰染也，感染也，以空間言。浸者，浸淫也，以時間言。刺者，刺激也，腦筋愈敏，刺激愈速愈劇。熏、浸、刺皆自外而內，而提則自內而外，化其身入於書中，即所謂代入感。

愛讀金庸小說的人，自然常被引導到日常不可達之境界；各種情感亦必常在書中找出相類者；至於友儕間相互感染、終卷後數日不忘、或一剎那間忽起異感而難以自已、或自擬為書中人物而此身如非己所有等等，自不絕如縷。其他作者的武俠小說固亦有此等力量，但若與金庸相比，實難望其項背。

《韓非子．外儲說左上》有一段寓言：話說其時楚國郢都有人致書燕相，自己口述，命人筆錄，天色漸暗，於是命僕人「舉燭」，書者一時大意，把「舉燭」二字錄下。燕相得書，以為：「舉燭就是尚明，尚明是用賢的意思。」以此進於燕王，燕王納之，國家大治。雖然國是大治，但卻非其書意。這就是「郢書燕說」的故事。

我從中學四年級開始看金庸小說，第一部看的是《射鵰英雄傳》，到現在金庸的每一部作品都看過好幾遍。我對於世事的許多觀感和想法，或許在某種程度上都受到這些作品的影響和引導。無疑這一切的影響都可能是郢書燕說，非其書意。

一九八六年五月　香港

補記：

中國先秦諸子有所謂「九流十家」，「小說家」名居十家之末，卻不在九流之列。《漢書》講的「小說」，當然與今天大家理解的小說不太一樣。筆者當年也是拿來胡扯一番。古代「小說家」倒有點似今天的「民意調查」或「新聞報告」，或為讀書人為社會上的低下階層發聲而作。

「郢書燕說」的故事向來都很喜歡，因為讀了清末民初「怪論家」李宗吾的《厚黑學》才初次知道這個小典故，也就信手拈來自用。「郢書」的特點是居於郢的作者有筆誤而不自知；落到燕地讀者手中，把不相干的言詞當為寫信人的話，因誤會而得益。

如果要潘國森自評，本人本書應該算是第一等猜得透、看得出金庸小說人物情節字面義那一級的讀者。

國森記

二〇一九

開場白：舊版新篇

我的一個老友擁有一套舊版的《笑傲江湖》，共是二十四小冊，在我未購置全套三十六冊的《金庸作品集》之前，每次看《笑傲江湖》都是去向他借。可是我這位老友對於那套珍品卻不甚愛惜，有時真不明白他究竟借給些甚麼豬朋狗友，每次我去借的時候，總是借得比上次少些，有時是少了幾頁，有時甚至整冊失去。《笑傲江湖》確是新不如舊，我恐怕以後想看舊版的《笑傲江湖》是不容易了。

有一回一位朋友問我究竟是誰差遣桃谷六仙去找令狐冲的，我們看的都是這一套舊版，而其中是沒有談及這點，六仙只說過「小姑娘「要見令狐冲而已。那時我想以桃谷六仙的性格是吃軟不吃硬的，不戒和尚是個莽人，決不能指使這六個傻瓜，於是我說必定是曲非煙所為。她祖孫二人都是機靈聰慧之輩，一定能把桃谷六仙把弄得服服帖帖，我的朋友將信將疑，也沒有再追問下去。

但是當我第一次看到《三看金庸小說》一書之時，實在是嚇了一跳，費彬竟然一劍刺入了曲非煙的心窩，簡直是活見鬼了。不是這樣的，我很清楚的記得曲非煙還幫手埋葬費彬等人，而自此以後也未有再次出現。啊！作者竟然害死了曲非煙，真是豈有此理！

曲非煙是小說中的虛構人物，是死是活與我無關，但是如此改動是弄巧反拙，變成不合情理，這原本是作者自食其果，但是我卻成了無辜的受害者，我精妙的推論便無端落空了。

新版中說是六仙跟儀琳打賭輸了，便被差來捉令狐冲。這是很不合理的，儀琳不可能有膽量和人賭賽，也不可能碰上桃谷六仙。況且桃谷六仙的為人並非拘謹的小尼姑所能差遣，反而鄭萼、秦絹等一類聰明伶俐的小女孩方能弄之於股掌之上。假若曲非煙未死，她便是差遣桃谷六仙的最好人選，這小姑娘刁鑽之極，兼且她祖父是曲洋，說桃谷六仙認識曲洋有點道理，說是認識恒山派的一個小尼姑便有點牽強了。或許作者認為曲非煙在衡陽出現過之後便銷聲匿跡是個漏洞，於是修改時及早把她「解決」了。作者大概認為這個改動是無關痛癢，但是對於我來說是痛癢得很，那把我原本「正確」的推論給推翻了。

一個畫家是決不會把年輕時候的作品修改的，無疑畫家的創作經驗越豐富，他的創作技巧也越趨成熟，對於自己年輕的作品可能不大滿意，但是無論如何也不會把已經發表多時的作品拿來塗去其中的部分或者多添幾筆。因此我絕對不贊成金庸修改書中的人物情節，無疑更正一些錯誤或者改動一些用字是無可厚非，但情節上的修改可能產生新的問題。從作者的角度看來，有些環節、人是可有可無，刪去了也不覺得甚麼，但是對於讀者來說，這些部分可能是很重要的。在創作之時，作者的情感可能不自覺地滲入作品之中，以後再看的時候反會不明白自己為何會如此寫了，這是因為那份情感可能是埋藏在作者的潛意識之中。

金庸的作品都是邊寫邊刊，根本不能像有些小說家一般可在寫完之後，修改到滿意方才發表，這種制肘對於一個以嚴謹和認真的態度去創作的小說家來說，是個難以彌補的缺憾，因此很難要求作者在出版單行本之時不作修改。一個比較妥協的做法是在連載完之後立刻修改，可是一切都成過去了。

作為一個讀者實在無法與作者抗衡，作品是他的，他喜歡如何修改，我們根本無權過問。但我實在不能想像沒有桃谷六仙的《笑傲江湖》會成了甚麼樣子。

刪去了江飛虹這個人物，也是一個敗筆，這無疑是一種「為長者諱」的行為，令狐冲習了「易筋經」之後，加上劍法通神，必定成為領袖群倫的第一高手；因為口舌輕浮而令飛虹自刎便成了令狐大俠畢生的最大污點了。

一個人無論如何出名，也不必掩飾少年時代做過的錯事，錯了就是錯了，旁人是否原諒也不必介懷，既不用掩飾，也不必時常掛在嘴邊。我們這一代的年輕人都是口舌輕狂、放浪不羈的多；敦厚守禮、謹言慎行的少；輕佻一點雖然並非大過，但是口不擇言有時卻可能鑄成大錯，這一段情節原本很有警世作用，刪了太過可惜。不過藍鳳凰叫了令狐冲一聲「大哥」，令狐冲又叫了藍鳳凰一聲「妹子」也不過是導火線而已，江飛虹原本就生不如死，死了可能是種解脫，若從此處設想，令狐冲對於江飛虹之死也無需負上甚麼責任。另一點令人惋惜的是作者用如此經濟的篇幅便可以寫成一段教人感動的苦戀，最後卻把它完全刪去。

金庸小說之中我看過舊版的還有《書劍恩仇錄》和《射鵰英雄傳》，作者修改之時改了兩個重要人物的血統，一個是陳家洛，一個是楊過，兩處改動裡，其一做成重大的漏洞，另一個卻做成了冤案。

在舊版的《書劍恩仇錄》裡，陳家洛是紅花會老舵主于萬亭和徐潮生私通所生，他跟乾隆皇的關係是同母異父兄弟。于萬亭與周仲英原本是師兄弟，周仲英還曾為于萬亭向少林派評理。如果陳家洛不是于萬亭的兒子，則于萬亭沒有理由要如此栽培陳世倌的兒子；徐潮生也沒由來要把姓陳的兒子交給于萬亭管教。若果于萬亭沒有跟徐潮生私通，則其罪亦不致要被逐出門牆，還有一點更有趣的是若果于萬亭面對徐潮生可以不動心，豈不是成了第二個胡逸之？

至於楊過的母親原本是秦南琴，修改後變成了穆念慈，於是讓她多活十年。表面看來，這個改動影響不大，但是卻令黃蓉背上不少罪名。

《四看金庸小說》前半部第九節題名作：「難以解釋的一段情節」，內容談論到楊過的母親不論是秦南琴還是穆念慈，郭黃二人都不應只贈一些財物給他母子二人而不帶他們同到襄陽。

作者（潘按：此指倪匡，非是金庸）認為「郭靖和秦南琴沒有甚麼深交，倒也還勉強可以說得過去」，若是穆念慈就萬萬不該，因為穆念慈是楊鐵心的義女。

由此推論到郭靖曾經想要帶同楊過母子一起，但是因黃蓉反對而告吹，後來郭靖再想尋訪楊過，也受黃蓉從中作梗。

這段討論表面上言之成理，事實上忽略了一個極其重要的考慮點，就是金庸在寫《射鵰》、《神鵰》之時，楊過的母親是秦南琴而不是穆念慈。金庸本人也未有考慮這一點，在《射鵰英雄傳》的後記有謂：

> 修訂時曾作了不少改動。刪去了一些與故事或人物並無必要聯繫的情節……除去了秦南琴這個人物，將她與穆念慈合而為一。

《四看》中認為郭靖不攜同秦南琴還勉強說得過去，不照顧穆念慈便不應該，相信金庸在作出令秦南琴「人間蒸發」的決定時一定沒有想及此點。

作者又認為郭黃與穆念慈母子「『互道珍重，黯然而別』，從此不聞不問，真是奇哉怪也，十二分說不過去」云云。

但是我們必須明白在金庸創作《神鵰俠侶》之時，楊過的母親還是秦南琴，故此郭黃二人是與「秦南琴」不聞不問，而不是與「穆念慈」不聞不問。所以在改了以穆念慈為楊過之母以後，無可避免變成了與「穆念慈」不聞不問，亦必須要令「穆念慈」拒絕回臨安故居才可以斷絕郭穆二人日後往來。因此為了要解釋「穆念慈」不回臨安，郭黃不顧「穆念慈」便竟然硬栽贓說是黃蓉作梗。實在是「莫須有」的罪名。至於所謂「郭靖明知這樣做不很妥當，可是聽黃蓉的話聽慣了，也就只好算數」，也是完全沒有根據。

因話提話，其實在小事情郭靖是言聽計從，大事情黃蓉是不敢違拗的。閒話休提，言歸正傳，楊過的母親原是秦南琴，在她潦倒困頓之時，很可能求助無門，她不會去找郭靖，她甚至不知道去何處找郭靖，郭靖也很難找到秦南琴。而穆念慈則大大不同，她在有困難時一定會想起有這一位郭世兄，她也知道可以上桃花島去找。她甚至可以去找丘處機，分別就在於此。

因此以修訂本的《射鵰》、《神鵰》去研究楊過的童年為何會如此困苦自必然要誤入歧途。

我手頭上沒有舊版的《射鵰》、《神鵰》，無法作出一個正確無誤的分析，但是注意秦南琴與穆念慈的分別，當可有些重要的啟示。

我以為要研究金庸小說，只有涉及修辭一類的題目，才可完全依靠修訂本的資料；其他有關創作意圖、情節安排以及作者的情緒則必須參考舊版，方可免於步上歪路。

董千里先生評《碧血劍》為「政治性極濃厚」，書中描寫了爭天下的清政權、明室與李自成三股勢力，「得到『清必勝』的結論」。這裡董先生忽略了一個重要的考慮點，就是金庸對於民族主義的觀點。

前期的作品，正如董先生所言「作者於各書中極表揚民族主義，卻似乎持『漢族沙文主義』立場」。後期的作品，則經歷了《天龍八部》和《鹿鼎記》的反省，作者的民族主義觀點是變了許多。

我懷疑《碧血劍》的「清必勝」結論是後來修訂時再加進去的，五十年代時的金庸恐怕不會作如是觀。《書劍恩仇錄》中的乾隆有如昏君，《鹿鼎記》裡的康熙卻英明神武得很，作者的改變十分明顯。

可惜我未能找到原始本的《碧血劍》，無法證實其中范文程等人與皇太極的對話是後來加入。不過我相信如把《碧血劍》完全視為前期作品，在研究作者的思路軌跡、觀點的變化時必會受到誤導，畢竟《碧血劍》如同丹青生的那一埕再釀的葡萄美酒，「陳中有新，新中有陳」。

補記：

這裡提到修訂二版《笑傲江湖》安排曲洋的孫女曲非煙之死，行文語氣似乎無情了些，好像有點「冷血」，可能當年讀此書時完全沒有注入個人感情吧。

《碧血劍》是金庸修改增補最多的一部作品，舊版寫玉真子是到了散場前才忽然出現。袁承志跑去行刺皇太極和後來「清必勝」的結論，都是上世紀七十年代「修訂二版」補寫的。於此，辛先軍《金庸武俠史記〈書劍編〉〈碧血編〉——探尋金庸的修訂心路》有介紹：

《碧血劍》修訂版對滿清皇太極的史實進行了大量補充，有關皇太極的情節主要補充在第十三、十四兩回中。在連載版裏，袁承志與葡萄牙軍官彼得分手後直接去北京城找崇禎報仇，而修訂版則是先去盛京刺殺皇太極。由於修訂版加入袁承志率領眾人擊敗清軍，但沒有殺了清兵主帥阿巴泰，為了替父報仇，袁承志自然會想到去盛京刺殺滿清皇帝，因此補充增加的這段情節合乎情理。加入這部分情節主要敘述了滿清皇太極的史迹，從而在連載版的明崇禎和李自成義軍兩方政治勢力的基礎上，又加上滿清這個第三方政治勢力，增添了全書的歷史厚重感。

此所以，我們攬這門「金庸學研究」，無可避免要重點參考心一堂的《金庸武俠史記》系列。

國森記

二〇一九

卷一：泡茶評金庸

評人論事，向來就是我一大嗜好，又有誰不喜歡對旁人指指點點呢？市井間引車賣漿之輩，閑來無事，也常會罵罵總督、罵罵政府，滿腔激憤由是得以發洩。故而長沮、桀溺等人也以譏諷孔老夫子為樂。

批評別人本是人生樂事，但給別人批評卻未必好過，因此面對至交好友，也不能侃侃而談。古云：「益者三友：友直、友諒、友多聞。損者三友、友便僻、友善柔、友便佞。」無可奈何只好友便僻的時候多，友直的時候少。否則益友還未做成，連朋友也沒得做了。

而批評有頭有面的大人物也不容易，話沒說得幾句，恐怕已給人罵個狗血噴頭了，說道：「你這渾小子算是老幾？也來大言炎炎？」

想來想去，最好是評論小說中的人物，他們都是全無還口之力。不過有一利亦有一弊，即使有真知灼見，書中人也不會走出來跟你論交，引為知己，世事總無十全十美，那也沒有辦法。

昔者曹孟德煮酒論英雄，大耳兒也莫得置喙，豪情勝概，確能大慰平生。只是獨飲悶酒未免淒清，即使有「舉杯邀明月，對影成三人」之胸懷也太過慘澹。況且灌了黃湯，不但影響思路，又貽人口實，送來「幾杯下肚，胡說八道「的評語，倒也有些不妙。因此這酒嘛，還是不喝為佳。

光天化日之下，人的雜念較多，思路難免不清，最好於夜闌人靜之時，泡一壺茉莉香片，自斟自飲，品評書中人物，誠人生一大樂事也。

補記：

「大耳兒」指劉備，那是呂布罵他時的用語。小時候聽聞長輩說劉備生有奇相，「耳垂至肩、手長過膝」，那時感到不可思議。後來讀《三國演義》，則說：「兩耳垂肩，雙手過膝。」正史《三國志》則是：「垂手下膝，顧自見其耳。」所謂「垂肩」、「過膝」，當是誇張的修辭手法。眼能看到自己的耳朵，這個也叫人難以理解。

「舉杯邀明月，對影成三人」句，出自李白的《月下獨酌四首》之一：「花前一壺酒，獨酌無相親。舉杯邀明月，對影成三人。月既不解飲，影徒隨我身。暫伴月將影，行樂須及春。我歌月裴回，我舞影零亂。醒時同交歡，醉後各分散。永結無情遊，相期邈雲漢。」小時候作文，比較喜歡「丟書袋」，看見前賢有趣的話，常會記下來備用，也不甚管是否合適。

三十多年前初學人飲茶，一度常飲用茉莉香片，後來很快就以飲普洱為主。

國森記

二〇一九

第一章　誰是大英雄

郭靖與洪七公

絕招！好武功，十八掌一出力可降龍！大展威風，男兒到此是不是英雄？誰是大英雄？
射鵰！彎鐵弓，萬世聲威震南北西東，偉績豐功，男兒到此是不是英雄？誰是大英雄？
一陽指，蛤蟆功，東邪西毒南帝北丐中神通，好郭靖，俏黃蓉，誰人究竟是大英雄？
練得堅忍，大勇止干戈永不居功，義氣沖宵漢，男兒到此是大英雄！才是大英雄。

以上是多年前佳藝電視所拍攝的電視劇《射鵰英雄傳》的主題曲，是金庸作品多次搬上銀幕之中，寫得最好的一首主題曲。

《射鵰英雄傳》要寫的英雄，並不是彎弓射鵰、威震萬里的蒙古大汗，卻是大勇止干戈、義氣沖宵漢的傻小子郭靖。

成吉思汗臨死之前，與郭靖並騎草原之上，對郭靖說道：「靖兒，我所建大國，歷代莫可與比。自國土中心達于諸方極邊之地，東南西北皆有一年行程。你說古今英雄，有誰及得上我？」但郭靖卻不同意，他認為人死之後，葬在地上，占不到許多土地，國土雖大亦無用處。又道：「自來英雄而為當世欽仰，後人追慕，必是為民造福、愛護百姓之人。以我之見，殺得人多卻未必算是英雄。」這段草原上的對話正是全書主旨所在。

《人物志》有云：「草之精秀者為英，獸之拔群者為雄。」所謂「英雄」，一般人的理解應是才能勝人者。《三國演義》煮酒論英雄的一段，曹操以龍比喻英雄，曰：「龍能大能小，能升能隱，大則興雲吐霧，小則隱介藏形；升則飛騰於宇宙之間，隱則潛伏於波濤之內。方今春深，龍乘時變化，猶人得志而縱橫四海……」又曰「夫英雄者：胸懷大志，腹有良謀，有包藏宇宙之機，吞吐天地之志者也。」很明顯曹操心目中的英雄必須能翻手為雲、覆手為雨，兼且有席捲天下之志。曹操文武雙全而成吉思汗更是千載難逢的軍事奇才，他們都以英雄自居。除了有過人之能以外，還有一個共通點，也是一切野心家都有的，就是他們以控制別人、支配別人以至奴役別人為樂。以郭靖的標準，所有的野心家都不能算是英雄。只可惜郭靖的標準並未普遍的受接納，常人還是以那些能控制別人的為英雄。

不少人認為郭靖的人格太完美、太假。但是他為國為民，死守襄陽，自是英雄好漢。在襄陽城上所說的：「莫錯殺了好人！好人怎能錯殺？」就連桀驁不馴的楊過也深為感動，此言對於楊過日後行為影響至深，「北俠「的名號當之無愧。

雖然郭靖已經算十分了不起的大英雄，但卻十分迂腐，所以在金庸筆下的人物之中，並非最英雄的一個。他的迂腐與師承有關，江南七怪重言諾，為了與丘處機的賭賽，在漠北混了十多年，的確是古道熱腸了。重言諾原是美德，但太過盲目便是傻瓜一名，跟歐陽鋒這類人講信義是沒有意義，兼且明知自己功夫敵不過他，還要饒他三次，那未免過於托大，及至誤以為黃蓉遭難後，才知後悔，已是太遲了。

郭靖的另一個師父洪七公更是迂腐，比之郭靖還不如。我如此說大家一定不服，因為洪七公「行俠仗義，扶危濟困」，對歐陽鋒以德報怨，豈不是英雄豪傑？殊不知洪七公為人處事，卻是用雙重標準。

洪七公畢生的最大污點是在寶應祠堂放過歐陽克。當時黃蓉用計暗算歐陽克，洪七公出手相救，還笑道：「我跟他叔父是老相識。這小子專做傷天害理之事，死有餘辜，只是傷在我徒兒手裡，于他叔父臉上須不好看。」「參仙老怪」梁子翁可沒有這般幸運。他沒有靠山後臺。於是洪老幫主不必買帳，「狠狠打了一頓，拔下了他滿頭白髮……還要他立下重誓，以後不得再有這等惡行……」此後樑子翁只有捨棄「採陰補陽」之法，單靠靈藥補身。其實兩人所犯罪行相同，不過一個因有大靠山而令「嫉惡如仇」的九指神丐也不敢動他分毫，另一個就只好歎一句「同人不同命」

了。這不是只打蒼蠅，不打老虎嗎？歐陽克的武功已經極高，如果北丐的弟子也不敢跟他動手，洪七公本人更是不能「以大欺小」，天下間還有誰能制他呢？難道靠那最不成話的丘處機能濟事嗎？這行俠仗義可又從何說起啊！

洪七公另一為人稱道的是在烈火焚船之時，以德報怨救了歐陽鋒一命，在木筏之上又一次不念舊惡再救一次，表面看來確是大仁大義了，可是其人的迂腐便也表露無遺了。原來連最講仁義道德的孔夫子也不贊成「以德報怨」，《論語》上有記載「以德報怨，何以報德？以直報怨，以德報德。」所謂「直」就是至公無私之意，可見孔老夫子也不贊成「以德報怨」。

做一次傻瓜還情有可原，屢次再犯就不是大丈夫的所為了。洪七公、郭靖和黃蓉三人雖離開明霞島之後又再遇上飄浮碧波中的歐陽鋒叔侄兩人（正確點的說法應是父子），洪老幫主的俠義心腸又起。

洪七公忽道：「救他！」黃蓉急道：「不，不，我怕。」洪七公道：「不是鬼。」黃蓉道：「是人也不該救。」洪七公道：「濟人之急，是咱們丐幫的幫規。你我是兩代幫主，不能壞了歷代相傳的規矩。」黃蓉道：「丐幫這條規矩就不對了，歐陽鋒明明是個大壞蛋，做了鬼也是個大壞鬼，不論是人是鬼，都不該救。」洪七公道：「幫規如此，更改不得。」黃蓉心下憤憤不平。只聽歐陽鋒遠遠叫道：「七兄，你當真見死不救嗎？」黃蓉說道：「有了。靖哥哥，待會見到歐陽鋒，你先一棍子打死了他。你不是丐幫的，不用守這條不通的規矩。」洪七公怒道：「乘人之危，豈是我輩俠義道的行徑？」……黃蓉道：「要他先發個毒誓，今後不得害人，這才救他。」洪七公歎道：「你不知老毒物的為人。他寧死不屈，這個誓是不肯發的。靖兒，救人吧！」

迂腐不通的人立刻得到報應，洪七公拉歐陽鋒上木筏時卻給他拖了下海。待得到了次日下午，歐陽鋒體力恢復，便想下手殺人滅口，洪七公此時才知道後悔。

洪七公歎道：「老毒物狂妄自大，一生不肯受人恩惠。咱們救了他性命，他若不把恩人殺了。心中怎能平安？唉，只怪我黑夜之中救人心切，忘了這一節，倒累了兩個孩子的性命。」若不是歐陽鋒欲知「九陰真經」中怪文的真義，加上周伯通又及時出現，這「俠義道的行徑」只好去陰世行了。歐陽鋒是個大壞人，乘機除去，原是大功大德，也無所謂乘不乘人之危。洪七公做了濫好人，間接害死了全真教的譚處端和江南五怪，「雖不殺伯仁，伯仁為我而死」，是非功過，真是難說得很。

洪七公為了俠義的虛名，卻教郭黃二人一同犯險。當然人人都說洪幫主行俠仗義，扶危濟困，而「小妖女」黃蓉卻是乘人之危了。代價是三人同付，美名卻歸洪七公一人，實在太不公平。後來洪七公與歐陽鋒在華山之巔互拼內力，精力耗盡，又來後悔了。

> 洪七公早已頗為後悔，日前與他拼鬥，只消使出打狗棒法，定能壓服了他，只是覺得他神智不清，自己本已占了不少便宜，再以丐幫至寶打狗棒法對付，未免勝之不武。不是英雄好漢的行徑，豈知他人雖瘋癲，武功卻不因而稍減，到頭來竟鬧了個兩敗俱傷……

為了虛名，為了做英雄好漢，只好賠上性命。（潘按：事見《神鵰俠侶》）洪七公如此收場我不覺得可惜，亦不會幸災樂禍，我更不會反對人做英雄好漢，只是要做英雄好漢，一定要付出代價，付得起的儘管去做，自問付不起的便要三思。

韋小寶的老婆蘇荃在通吃島上的一番話最有深意，

> 「……小寶，你要做英雄好漢，要顧全朋友義氣，這一點兒苦頭總是要吃的。又要做英雄，又想聽粉頭唱十八摸，這英雄可也太易做了。」

英雄好漢原本不易為，以德報怨的「英雄好漢」更難當，我以為立心要做英雄好漢的人都先要衡量一下自己，免得未得嘗英雄之樂，先因付不出代價而苦。像張翠山一般人云亦云，到得謝遜問他行俠仗義有甚麼好之時，只能無言以對。

洪七公食古不化，要做英雄但到頭來卻後悔，行事又有雙重標準，雖然一身本事，受人景仰，但也算不上是真英雄。

補記：

這裡編派洪七公、郭靖師徒「迂腐」，是按照二人在書中的行事論斷。金庸要安排歐陽鋒連番以怨報德，那就只能讓洪七公有海上受騙的蠢笨事。倒是「小妖女」黃蓉的「乘人之危」才是「俠義道」的道理！然後再有郭靖三次饒歐陽鋒之命，也是作者刻意安排，製造一而再、再而三的驚險情節，營造強烈的戲劇效果。若以郭靖已知歐陽鋒於自己有殺師深仇，那裡有三次饒命的可能？如果郭靖仍是信守言諾，饒命是饒命，卻讓歐陽鋒重傷難癒，武功大退，方是為武林除害的善舉，不過往下的戲就不夠戲味了。

《笑傲江湖》第三十回〈密議〉，寫日月神教長老黃面尊者賈布，率眾用計將少林方證、武當沖虛、恆山令狐冲三大掌門困在懸空寺的飛橋，開口便問三人「借三隻右手」，才是合乎「常理」。三位掌門武功高強，自斷右手就戰鬥力大減，日月神教這一支奇兵方才可以掌控得住三人。

當年接觸金庸小說，與今天許多年輕小朋友一樣，是先看電視劇，然後再去找小說來讀。可能是先入為主的緣故，筆者腦海中郭靖與黃蓉兩個人物，永遠就是白彪和米雪兩位。他們似乎還保持一個紀錄，就是由《射鵰英雄傳》的男女主角，演到《神鵰俠侶》的重要配角都不用換人，由少年演到中年。可能因為兩位的實際年齡都要比《射鵰英雄傳》時代的靖蓉年齡大些，外貌形象較為可塑吧。這部《射鵰英雄傳》是香港影視界前輩蕭笙先生監製，上世紀七十年代因他老人家主理的電視劇而引領筆者進入金庸小說的世界，無法預見到了九十年代中，竟然有緣與蕭笙叔合作。蕭笙叔個人比較喜歡八十年代他監製黃日華、翁美玲領銜主演的另一套《射鵰英雄傳》電視劇，筆者卻認為白彪、米雪更為「入形入格」。

國森記

楊過

金庸刻意塑造的另一英雄形象是神鵰大俠楊過，風陵夜話已令小郭襄如癡如醉，還要跟個陌生人同去見神鵰俠一面，讀者又何嘗不是呢？林中一嘯，虎豹人鬼，紛紛倒地，史家兄弟和西山一窟鬼都嚇得呆了，不只是英雄了得，簡直是如天神一般威武，最後在襄阻城外擊殺蒙哥，天下名揚，甚至連大俠郭靖也給蓋過了，然而說到為國為民，恐怕要比郭靖略遜。郭靖是知其不可為而為之，終以身殉城；楊過則是急流勇退，得保天年，欠點「雖千萬人吾往矣」的精神，其英雄形象未免略損。

而最難得的是永不怨天尤人，楊過屢次助人，到頭來多是損己利人，但是未有一次後悔過，比起洪七公是超脫得多。

楊過得以成為當世英雄可說完全是受郭靖的影響，直至襄陽城重會之前，郭靖未曾教過楊過些甚麼，但是襄陽一會之後，楊過的英雄人格方才形成。楊過到襄陽原是要取郭靖夫婦的首級去換取半粒絕情丹，當晚與郭靖共寢，內心交戰，想下手又不敢，先是為聽了「為國為民，俠之大者」的八字真言，擔心殺了郭靖便要害了無數性命；再一轉念，又把心橫了：

罷了，罷了，管他甚麼襄陽城的百姓，甚麼大宋的江山。我受苦之時，除了姑姑之外，有誰真心憐我？世人從不愛我，我又何必去愛世人？

《神鵰俠侶》第二十回〈俠之大者〉

此時楊過內心之中偏激狹隘的個人主義高漲，可是他又立即害怕殺錯人、害怕傻姑胡說八道，於是質問郭靖有關楊康的死因，在得不到滿意的答覆後才再起殺機。

到得第二日聽到「莫殺錯了好人，好人怎能錯殺」的一番話，心思又是一變，便在電光石火的一剎那，沒有乘人之危，反而出手救了郭靖。

後來與郭靖共赴蒙古軍營，聽得郭靖「大義滅親」之說，又確信郭靖害死他父，在劇戰之時再問郭靖父死之因，郭靖答道：

「他認賊作父，叛國害民，人人得而誅之。」

於是又下殺手，但是郭靖捨身相救，又再令楊過感動，那時：

楊過眼見他拼命救護自己，胸口熱血上湧，哪裡還念舊惡？心想郭伯伯義薄雲天，我若不以一命報一命，真是枉在人世了。

《神鵰俠侶》第二十一回〈襄陽鏖兵〉

自此楊過才算是脫胎換骨，真真正正是個行俠仗義的英雄好漢。由此可見言教永遠及不上身教，《世說新語》有一節頗堪玩味，話說東晉名相謝安的夫人有一次詢問夫婿何以從不教導兒女：「那得初不見君教兒？」謝安答得很妙，他說道常常以身作則去薰陶子女：「我常自教兒。」

黃蓉教楊過讀書並沒有對他有重大影響，反而是郭靖身體力行，對楊過才有決定性的影響。若要將郭楊二人相比，郭靖比較迂腐古板，楊過則圓通得多；郭靖顯得大義凜然，楊過稍欠堂正。

補記：

《世說新語．德行》：「謝公夫人教兒，問太傅：『那得初不見君教兒？』答曰：『我常自教兒。』」當年引用這個小故事，亦有「丟書袋」之意。

《世說新語》是南朝劉宋宗室臨川王劉義慶（四〇四至四四四）所撰，他是劉宋開國之君宋武帝劉裕（三六三至四二二）的姪兒。是書記載由東漢末至東晉，上流社會士大夫階層的小故事。

筆者上中學的時候，中國語文科課本常有選《世說新語》的小故事。香港的國文教育，經歷了十年浩劫，大約在二〇〇六以後，中學會考有長達十年刪除了考核課文的部份。若以二十年為一世代，便等於有有半代的香港小孩不讀（或至少是極少讀）古文，這半代人可能不知有《世說新語》一書。想到這點，感到十分難過。

國森記

二〇一九

張無忌

「神仙姊姊」王語嫣王姑娘在聽香水榭發表了她對男子漢大丈夫的看法，她說道：「男子漢大丈夫，第一論人品心腸，第二論才幹事業，第三論文學武功。」（見《天龍八部》第二十三回〈水榭聽香 指點群豪戲〉）

「神仙姊姊」的高見自然比我輩凡俗高明百倍，一個人若心術不正，就算功業開展得如何偉大，於世道人心、國家社會、鄉黨鄰里都難有裨益。故而高尚的人格、善良的內心是做英雄好漢的先決條件，其他一切都是次要。

張無忌似乎比較不受讀者喜愛，他優柔寡斷，缺少了領導才能。連作者對他也頗有微詞，在後記中金庸寫道：「……他較少英雄氣概，個性中固然頗有優點，缺點也很多，或許，和我們普通人更加相似些……張無忌的一生卻總是受到別人的影響，被環境所支配，無法解脫束縛。在愛情上……張無忌始終拖泥帶水……」（見《倚天屠龍記》後記）

金庸雖然是不世出的奇才，可是他的見解若與「神仙姊姊」比較，借用韋公爺的講法，便是「低暗」得多了。「人品心腸」始終是品評英雄好漢大丈夫的最高法則，感情上拖泥帶水不過是末節，至於說「被環境支配」云云，可是又有誰真能支配環境，凡事都不受人影響呢？科技發達令人類目空一切，常以為人定勝天，常以為可以征服大自然。於是攀山者登上高峰，每多大言炎炎，自謂征服了山峰，而事實上山峰還是秋毫無損。盧梭有言：「人類生而自由，卻在任何所處都被枷鎖束縛。有人以為自己是別人的主宰，但其實比別人更是奴隸。怎會變成這樣呢？我不知道。」世上沒有人能完全支配環境。

捨己為人、從容赴義已經是英雄氣概的表現。在三十六冊金庸作品之中，最令我感動的是《倚天屠龍記》第十八回的一段情節，每次再讀，感受都同樣強烈。

滅絕師太點了銳金旗五十多人的穴道，要盡情折辱他們，可是五十多人不肯屈服，於是滅絕師太再斷人臂膀，以示威迫。張無忌忍不住挺身而出，說道：

「你為甚麼要殺死這許多人？每個人都有父母妻兒。你殺死了他們，他們家中孩子便要伶仃孤苦，受人欺辱。你老人家是出家人，請大發慈悲吧。」

《倚天屠龍記》第十八回〈倚天長劍飛寒芒〉

滅絕師太當然不為所動，為救一班不相熟的人，張無忌只好接滅絕師太三掌，如此大仁大義，真如佛經中「割肉餵鷹」的故事，又焉能說張無忌較少英雄氣概呢？

以強擊弱的一類行俠仗義，許多人都做得到。利人而不損己的行為，除了少數思想偏激的人之外，應該人人肯幹。但冒著生命危險去救人卻大大不同，這是人類最高尚的情操。張無忌雖然身負九陽神功的深厚內力，但第一掌便受傷吐血，而那時在他心中唯一的念頭只是不挨足三掌便救不得銳金旗諸人的性命，坦然受掌，義無反顧。若不是滅絕師太第三掌使出九陽神功的內力，張無忌能否死裡逃生也難說得很。

英雄氣概原本是虛幻，境順而生，境逆則散，一個人志得意滿，自必然豪氣干雲，但是真正的英雄應該不論順境逆境都堅守原則，「造次必於是，顛沛必於是」。真英雄必須有英雄風骨，但不一定要有英雄氣概。因此我說張無忌是真英雄。

補記：

「造次必於是，顛沛必於是」也是刻意「丟書袋」，出自《論語・里仁》：

子曰：「富與貴是人之所欲也，不以其道得之，不處也；貧與賤是人之所惡也，不以其道得之，不去也。君子去仁，惡乎成名？君子無終食之間違仁，造次必於是，顛沛必於是。」

筆者當年上中學時，課程指定要學這篇，寫《話說金庸》時便信手拈來。

韋小寶講「低暗」，乃是與「高明」對比：

阿珂道：「常言道，名師必出高徒，鄭公子由三位名師調教出來，武功自然了得。」韋小寶道：「姑娘說得甚是。我沒見識過鄭公子的武功，因此隨口問問。姑娘和鄭公子相比，不知哪一位的武功強些？」阿珂向鄭克塽瞧了一眼，道：「自然是他比我強得多。」鄭克塽一笑，說道：「姑娘太謙了。」韋小寶點頭道：「原來如此。你說名師必出高徒，原來你的武功不高，只因為你師父是低手，是暗師，遠遠不及鄭公子的三位高手名師。」說到言辭便給，阿珂如何是他的對手，只一句便給他捉住了把柄。阿珂一張小臉脹得通紅，忙道：「我……我幾時說過師父是低手，是暗師了？你自己在這裡胡說八道。」白衣尼微微一笑，道：「阿珂，你跟小寶鬥嘴，是鬥不過的。咱們走罷。」

《鹿鼎記》第二十六回〈草木連天人骨白　關山滿眼夕陽紅〉

《鹿鼎記》書中增大了鄭克塽「本尊」的年歲，他是延平郡王次子，三位師父中施琅是武夷派高手，劉國軒是福建少林高手，馮錫範則是崑崙派的高手。鄭二公子家勢顯赫，當不是出身寒微的韋小寶可比，在爭風呷醋的場合，當然要針鋒相對了。

頻年以來，頗多朋友笑言讀筆者的拙作時，常感不易。筆者早期的「金庸學研究」文字，其實對讀者亦算頗有點要求。如甚麼「低暗」，乃是以《鹿鼎記》的對白去論證《倚天屠龍記》的人物情節，非熟讀小說者實難明所以也！

國森記

二〇一九

蕭峰

若要由讀者來選金庸小說中最英雄的人物，毫無疑問蕭峰必當選。蕭峰的英雄氣概足以令人為之窒息，他威武之處活像天神下凡一般。

初出場時在無錫松鶴樓頭與段譽對飲四十大碗酒而面不改容，已教一眾酒徒讀者為之心醉。杏子林中一動手便制住包不同與風波惡，一手「擒龍功」的絕技竟可以隔空取物，連武學大理論家的王語嫣也大為詫異。後來又再自受四刀，以赦四長老犯上之罪，大仁大義，肝膽照人，英氣氣概，一時無倆。在少林寺中，來去自如，十多位玄字輩的高手都奈何他不得，真個智勇雙全。

聚賢莊一戰，大展神威，教群豪辟易。搏鬥之慘烈，讀者至此，焉有不熱血沸騰，心跳如劇之理？描寫之精彩絕倫，英雄形象塑造之成功，莫說武俠小說之中難見，於其他品種、其他形式的小說中亦難得一睹。筆力萬鈞，將小說中的「刺「字訣，發揮得淋漓盡致。

「赤手屠熊搏虎，金戈蕩寇鏖兵」，於百萬軍中取敵首級，渾身是膽，雖燕人張、常山趙也不過如此。

再上少林，三招兩式之間而迫退當世三大高手，以剛猛無儔的掌力，力拚遊坦之夾雜了易筋經的陰寒功力和慕容復「斗轉星移」的神功，英雄得不可再英雄。

最後一幕，一招而迫退虛竹和段譽，迫令遼帝罷兵，再而舉斷箭以自戕，讀者至此豈能不感極而掩卷再三浩歎呢？

假若有人膽敢說蕭峰不英雄，此人最好先去修習金鐘罩鐵布衫的功夫，免得給人打死。我自然也不敢說他不英雄，但我要強調一點：「蕭峰不夠英雄。」

英雄人物固然不能十全十美，但是真正的英雄必須有一顆「不忍人之心」。我不是說蕭峰沒有「不忍人之心」，只是還差了小小的一點兒。

蕭峰誤傷阿紫之後，得知老山人參可以續命，便買來兩支熬湯給阿紫喝，那腐儒醫生卻不識好歹，當時：

蕭峰這幾日來片刻也不能離開阿紫，心中鬱悶已久，聽得這王通治在一旁囉哩囉唆、冷言冷語，不由得怒從心起，反手便想一掌擊出，但手臂微動之際，立即克制：「亂打不會武

> 功之人，算甚麼英雄好漢？」當即收住了手……這大夫卻不知适才已到鬼門關去轉了一遭，蕭峰這一掌若是一怒擊出，便是十個王通治，也統通不治了。
>
> 《天龍八部》第二十六回〈赤手屠熊搏虎〉

雖然下殺手的念頭一瞬即逝。但既有如此一念，已經有所不足。風波惡也有相似的遭遇，在無錫城外一條獨木橋上與一個挑著糞擔的鄉下人互不相讓，結果那鄉下人按捺不住，以糞水潑得風波惡滿口滿臉都是，風波惡於是「大怒之下，手掌一起，便往鄉下人的頭頂拍落」。

突然間風波惡手掌在半空停住，質問那鄉下人比耐心是誰人贏了，那人推說自己挑了糞擔吃虧，風波惡接過糞擔，臂與肩齊平平托住，嚇得那人不敢再爭，還險些掉下河中。

蕭峰的評語是：

> 這黑衣漢子（風波惡）口中被潑大糞，若要殺那鄉下人，只不過舉手之勞。就算不肯隨便殺人，那麼打他幾拳，也是理所當然，可是他毫不恃技逞強，這個人性格確是有點兒特別，求之武林之中，可說十分難得。
>
> 《天龍八部》第十五回〈杏子林中　商略平生義〉

蕭峰「手臂微動」便立刻自製，比起風波惡已經出手而半途停住是略勝一籌，但比起全無此念又相差極遠。

蕭峰帶阿朱到聚賢莊求醫，結果引起一場惡戰，游氏兄弟為失盾而自戕，蕭峰一時悔意陡生，冷不及防險些被譚公刺中，眾人遷怒阿朱出聲提示，竟然向她一個重病少女下殺手。當時他心中的念頭是：

……可是這時候以內力續她真氣，那便是用自己性命來換她性命。阿朱只不過是道上邂逅相逢的一個小丫頭，跟她說不上有甚麼交情，出力相救，還是尋常的俠義之行，但要以自己性命去換她一命，可說不過去了，「她既非我的親人，又不是有恩於我，須當報答。我盡力而為到了這步田地，也已仁至義盡，對得她住。我立時便走，薛神醫能不能救她，只好瞧她的運氣了。」

《天龍八部》第十九回〈雖萬千人吾往矣〉

當下衝到廳口，跨出門檻，但又驚聞單伯山要下手殺害阿朱，才激起義憤，回身再鬥。及至傷重無法脫身，罷鬥待死之際，有一絲悔意：

我到底是契丹人還是漢人？害死我父母和師父的那人是誰？我一生多行仁義，今天卻如何無緣無故的傷害這許多英俠？我一意孤行的要救阿朱，卻枉自送了性命，豈非愚不可及．

為天下英雄所笑？

《天龍八部》第十九回〈雖萬千人吾往矣〉

到後來蕭遠山出手相救，在深谷之中，責難蕭峰，此時冷靜下來，悔意又起。

那人罵道：「你這臭騾子，練就了這樣一身天下無敵的武功，怎地去為一個瘦骨伶仃的女娃子枉送性命？她跟你非親非故，無恩無義，又不是甚麼傾國傾城的美貌佳人，只不過是一個低三下四的小丫頭而已。天下哪有你這等大傻瓜？」

喬峰歎了口氣，說道：「恩公教訓得是。喬峰以有用之身，為此無益之事，原是不當。只是一時氣憤難當，蠻勁發作，便沒細想後果。」

《天龍八部》第二十回〈悄立雁門　絕壁無餘字〉

既有一絲悔意便及不上全沒這種念頭。

《神鵰俠侶》第三十一回「襄陽鏖兵」寫郭靖為救難民，開城門迎戰，又不肯先行入城，反而讓一眾戰友先退。後來被金輪法王冷箭相襲，命懸一線，只是暗叫：「罷了。」而已。以當時情況，郭靖乃襄陽樑柱，可算是「以有用之身，為無益之事」了。可是郭靖既不遲疑，亦未後悔。張無忌救銳金旗諸人，一不是親故，二無關恩義，不過是以「不忍人之心」救人於水深火熱。

在他心目中，銳金旗諸人家中或有妻兒，他們為夫為父的身分已經是有用之身了。不少人以自己有過人之能便以為己身有用，而不知旁人之身也可以十分有用。

所以我不是說蕭峰不英雄，只是說他不夠英雄。

蕭峰還有一事做得甚錯，那就是在小鏡湖畔任由褚萬里送死。(見第二十二回〈雙眸粲粲如星〉)其時他和阿朱誤信馬夫人之言，以為段正淳是那個「帶頭大哥」，在小鏡湖巧遇段氏諸人。阿紫用柔絲網困住褚萬里，蕭峰心敬褚萬里是條好漢，又因身為家臣，不敢發作，於是出手相助，懲戒阿紫。但是褚萬里不甘受辱而萌死志，奮不顧身向段延慶狂攻致死，當時蕭峰要救人也是舉手之勞，但卻袖手旁觀。無疑當時救了也難保褚萬里不再尋死，不過既敬他是條好漢就不應如此。

大英雄、真英雄必須有良好的人品心腸，蕭峰無疑是個英雄，在藏經閣中怒斥慕容博的一番說話，真是擲地有聲，連那高僧也要贊他「宅心仁厚，事事以天下蒼生為念，當真是菩薩心腸。」

我還要給大英雄多一項要求，就是大英雄必須自行其是，但求心之所安，絕不管旁人如何批評。這一點恐怕蕭峰是做不到了，得令遼帝罷兵，原是一大功績，蕭峰既以兩國軍民為念又怎能是遼國罪人呢？自己既沒有受大宋封官又何必介懷耶律洪基的廢話呢？

蕭峰不及楊過瀟脫，楊過完全不畏任何道德規範，凡事只求問心無愧，於是乎黃藥師勸他先不認小龍女為師，才再娶她，楊過便道：

「這法兒倒好。可是師徒不許結為夫妻，卻是誰定下的規矩？我偏要她既做我師父，又做我妻子。」

《神鵰俠侶》第十五回〈東邪門人〉

黃老邪也只能自歎不如。楊過的思想飄逸，理直氣壯，連郭靖也拿他沒辦法。

……郭靖道：「我當你是我親兒子一般，決不許你做了錯事，卻不悔改。」楊過昂然道：「我沒錯！我沒做壞事！我沒害人！」這三句話說得斬釘截鐵，鏗然有聲。郭靖舉起手掌，淒然道：「過兒，我心裡好疼，你明白麼？我寧可你死了，也不願你做壞事，你明白麼？」語音中已含哽咽。

楊過聽他如此說，知道自己若不改口，郭伯伯便要一掌將自己擊死。他有時雖然狡計百出，但此刻卻又倔強無比，朗聲道：「我知道自己沒錯，你不信就打死我好啦。」

《神鵰俠侶》第十四回〈禮教大防〉

郭靖一時思念起楊康，不忍下手，傷心到極點，到後來才諒解楊過要娶師父為妻。於「擇善固執」這一項，楊過要勝蕭峰一籌。

順便一提蕭峰的兩個把弟虛竹和段譽，若說道兩個呆子是英雄恐怕會令不少人笑破肚皮，這兩個傻瓜太沒英雄氣概了。

可是氣概根本是虛幻，舉手投足之間便控制全域當然氣概十足，要說教、要裁決亦當然為所欲為，因此要以氣概論英雄必難得至理。

先說虛竹，他的俠義心腸十分了不起，在擂鼓山上先救了段延慶一命，後來又救了童姥。但有一個難題令得要品評虛竹是否英雄變成非常困難，那就是虛竹救人之時，根本不知道會有危險，救段延慶時如此，救童姥時亦如此。因此我們無法得知假若虛竹知道救人性命是十分危險，還會不會不假思索便出手救人。

段譽的情況也差不多，這個不折不扣的書呆子，常以為大家無仇無怨，人家便不會加害於他，事實上人世間又豈能如此講理？

不過可以確知段譽每次救王語嫣時都不怕危險，置生死於度外，在自己的心上人面前，少年男子大都如此。每逢聽見有情侶談心時遇賊，男方抗賊被刺喪命的新聞，我都覺得十分惋惜。被劫錢財還可忍，但是任何稍有血性的男子都不會坐視自己的心上人受大侮辱，剪徑逢劇盜，手無縛雞之力的護花人就十分危險了。在心上人面前跟人拚命是人之常情，不能算是英雄行徑。

補記：

《天龍八部》共有三位男主角，剛好結誼為異姓兄弟，蕭峰的形像是大英雄，虛竹和段譽則各有各的癡和獃。蕭峰一度從養父喬三槐姓喬，在得知身世之後回復本姓。為了尊重「當事人」蕭大王的個人意願，還是稱呼他「蕭峰」而不是「喬峰」為是。

國森記

二〇一九

胡斐

連蕭峰也不夠英雄，還有誰最英雄？

胡斐！《飛狐外傳》的胡斐，他最英雄。

有一點必須留意，《雪山飛狐》的胡斐不能與《飛狐外傳》的胡斐混為一談，他們是兩個不同的人物。《飛狐外傳》的主旨全在於寫一個真正的俠士，作者對於《飛狐外傳》中的胡斐要求至為嚴格，後記中有云：

孟子說：「富貴不能淫，貧賤不能移，威武不能屈，此之謂大丈夫。」武俠人物對富貴貧賤並不放在心上，更加不屈於威武，這大丈夫的三條標準，他們都不難做到。在本書之中，我想給胡斐增加一些要求，要他「不為美色所動，不為哀懇所動，不為面子所動」。英雄難過美人關，像袁紫衣那樣美貌的姑娘，又為胡斐所傾心，正在兩情相洽之際而軟語央求，不答允她是很難的。英雄好漢總是吃軟不吃硬，鳳天南贈送金銀華屋，胡斐自不重視，但這般誠心誠意的服輸求情，要再不饒他就更難了。江湖上最講究面子和義氣，周鐵鷦等人這樣給足了胡斐面子，低聲下氣的求他揭開了對鳳天南的過節，胡斐仍是不允。不給人面子恐怕是英雄好漢最難做到的事。

胡斐所以如此，只不過為了鍾阿四一家四口，而他跟鍾阿四素不相識，沒一點交情。

「不為美色所動，不為哀懇所動，不為面子所動」的確極難，自命英雄好漢的人十居其九都做不到，或曰這把「英雄」的條件定得太高，可是英雄若果太過易做，那時你也英雄，我也英雄，這英雄又未免太稀鬆平常了。要做英雄必須有所取捨，有所犧牲，代價是非常沉重的，做英雄有甚麼好處？沒有！

真英雄可以無名，可以無利，甚至為當世人唾罵，至後世其名又可能不顯。英雄的唯一報酬，唯一可以肯定的報酬只是「心安理得」四個字，可以說英雄都盡是傻瓜，政治上的領袖鮮有真英雄，真英雄也鮮能當上領袖，因為真英雄有一顆「不忍人之心」，缺少了成大業所不能缺少的「面厚心黑」。故此郭靖只能以身殉城；楊過、張無忌只能急流勇退；而蕭峰更要負上叛國的罪名，耶律洪基的御用史官必書曰：「蕭峰叛其君。」英雄的唯一報酬是公義和真理。

胡斐這個人物的確算不上很受讀者愛戴，無怪作者也得承認「沒能寫得有深度」。有沒有深度倒難說得很，可是作者以如此誠意去寫這樣的一個人物，到頭來卻未引得多數讀者的共鳴，至為可惜。作者自言單以自己喜歡而論，他自己「比較喜歡感情較強烈的幾部：《神鵰俠侶》、《倚天屠龍記》、《飛狐外傳》、《笑傲江湖》。」顯然《飛狐外傳》不及其他三部受歡迎，所得的評價也較低。可見作者本身所想所感和所欲表達的是一回事，而讀者的感受又是另一回事。

《我看金庸小說》評胡斐為「一個被浪費了的人物，豪情勝概，只在隱約之中顯露，始終未能完整發揮。」又曰：「為了一個不認識的鄉下人，倒表現了一點氣概。」

試問行俠仗義，所為何來？所為者「公義」也。為鍾阿四一家而追殺鳳天南完全沒有好處，還要拒絕袁紫衣的懇求，拒絕周鐵鷦等人的懇求，此所謂「非所以內交於孺子之父母也。非所以要譽於鄉黨朋友也，非惡其聲而然也」。氣概容或只得一點點，英氣風骨卻顯露無遺。

胡斐在《飛狐外傳》全書裡可說沒有怎樣出過大風頭。因而沒有成名，而他的武功也不是天下第一。他所處的時代是太平盛世，民族仇恨已十分淡薄，也沒有大規模的戰爭，他不能像蕭峰一樣「教單于折箭，六軍辟易」，不能像楊過一樣擊殺蒙古大汗，也不能像郭靖以身殉城。他甚至沒有在天下武林豪傑之中揚威，沒有像聚賢莊、光明頂、重陽宮等大戰，有的只是隻身獨闖福康安的府邸，陶然亭畔挑戰紅花會諸人。連在天下掌門人大會之中，也因乍見袁紫衣一身緇衣，驚愕之際受了暗算而落敗，沒有揚名。

胡斐之所以為英雄全在於那「雖千萬人吾往矣」的精神，他明知到福康安家奪人危險重重，隨時會命喪當場，他還是非去不可，連程靈素的反對也只好不聽。行藏既露，明知道天下掌門人大會是龍潭虎穴，依舊坦然赴會，救心硯、解童懷道的穴道，挑戰鳳天南，無一不是萬分危險。最後誤認陳家洛為福康安，明知人家人多勢眾，飄然赴約，重義輕生，不愧「英雄」二字。完全不知有危險而救人，比起「明知山有虎，偏向虎山行」大大的不如。

真英雄都是衝動、激情的，胡斐亦不能例外，一出場已是如此，在商家堡中竟然有膽量責罵苗夫人沒有良心，完全沒有考慮危險，衝動激情至此，所為者「公義」而已。

胡斐連處理感情問題也沒半點拖泥帶水，他鍾愛袁紫衣，到了知道袁紫衣原來是個尼姑，也未死心。在他父母墓前聽得圓性的一番話，再無顧忌，要去稟告她師父，讓她還俗，視世俗束縛如無物。而對程靈素流水無情，自始至終未曾有一絲矯情安慰她、欺騙於她。喜歡就是喜歡，不喜歡就是不喜歡，絕不含糊。

胡斐，《飛狐外傳》的胡斐是真英雄，不折不扣的真英雄。

令狐冲

令狐冲也沒有迫人的英雄氣概，但是他是金庸小說所有主角之中唯一有機會，或者可以說唯一有膽量反個人崇拜的人。權力足以令人腐化，任我行初見「鵰俠」上官雲之時還甚卑視此人「滿口諛詞，陳腔濫調」，可是到他重掌教主之位不單重新取回日月教的基業，同時也把東方不敗建立的「歌功頌德」制度一古腦兒接收。令狐冲一身傲骨又豈能歌功頌德，他想道：

「……可是要我學這些人的樣，豈不枉自為人？……甚麼『中興聖教，澤被蒼生』，甚麼『文成武德』，男子漢大丈夫整日價說這些無恥的言語，當真玷污了英雄豪傑的清白！我當初只道這些無聊的玩意，只是東方不敗與楊蓮亭所想出來折磨人的手段，但瞧這情形，任教主聽著這些諛詞，竟也欣然自得，絲毫不覺得肉麻！」

《笑傲江湖》第三十一回〈繡花〉

他又想：

「……這樣一群豪傑之士，身處威逼之下，每日不得不向一個人跪拜。口中念念有辭，心底暗暗詛咒。言者無恥，受者無禮。其實受者逼人行無恥之事，自己更加無恥。這等屈辱天下英雄，自己又怎能算是英雄好漢？」

好一個「言者無恥，受者無禮」，真英雄決不能受如此屈辱，要保持人格上的完美，似乎只有捨命反抗一途。至此令狐冲是決定不肯入日月教的了。

「歌德」完畢，下一項節目是批判大會，教眾各自努力杜撰東方不敗的罪狀，竟然有人說東方不敗「荒淫好色，強搶民女，淫辱教眾妻女，生下私生子無數」。令狐冲再也按捺不住縱聲大笑，打擾了批判大會的雅興，於是乎：

……長殿中人一齊轉過頭來，向他怒目而視。

盈盈只好立刻與他下崖，若他不是任教主的未來女婿，又有超凡入聖的劍術，早已立時身首異處。

後來在華山朝陽峰上任我行再行威迫利誘，先授之以副教主之位，令狐冲一時也難下決定，及至上官雲給他「壽比南山，福澤萬歲」，忍不住又笑了出來，心中一片雪亮，再次拒絕入教。

任我行再以不傳化解異種真氣之法相脅，令狐冲為保人格，寧願不要性命。

終日說盡違心之言，不顧廉恥大拍馬屁，縱有通天徹地的本領，也不配「英雄」二字。未來丈人以「接班人」之職相誘，教中諸人又給足面子，但一人之下、萬人之上的地位也不能令英雄好漢動心。

令狐冲唯一缺點是感情上拖泥帶水，夾纏到連其他事情也大受影響，對岳不群又過於寬大，破了他的辟邪劍法之後竟然放他去繼續害人，在大是大非的問題上把持不定。

至於行俠仗義，救急扶危，書中有不少描述，也不必多費唇舌再講。

韋小寶

金庸小說中較具爭論性的人物是韋小寶，讀者對他的愛憎頗為強烈，大抵女性都認為此人太過無賴，而喜歡他的讀者，又似以男性居多。

韋小寶絕不是英雄，但說他是好漢、是豪傑也不會怎樣錯。要他捨己為人那可有點困難，除了少數最親愛的人之外，韋小寶是絕不肯如此。利己利人還可以，有時甚至「拔一毛以利天下」也勉為其難將就一下，多拔幾毛就有點兒心疼了，因此他決不能做個真英雄。

但是他的膽識才幹是十分了不起，力抗桑結喇嘛已顯現出智勇雙全。事實上此人甚有急才，臨事又非常果斷，雖說他運氣特佳，常有不凡的際遇，但總得要當機立斷方能掌握好運。在故事中許多次間不容髮的環境，稍有猶豫便已大大不妙，雖則韋小寶好行僥弄險，但他的果決是很難學得到，而果決正好是成大業的人所必須的條件。因此韋小寶混得很成功。

或曰韋小寶不學無術，而這種評語必是來自滿腹經綸但又鬱鬱不得志的讀書人。這一類讀書人每多以為皓首窮經便可飛黃騰達，出人頭地，若是際遇不佳則難免有些憤世嫉俗，見到讀書不多的成功人士自然有些偏見。

韋小寶並非「不學」，他是不讀書、不認字而已。他的學習能力其實不低，他很快就學到了「不患無位，患所以立」的道理，此話怎解？當初陳近南找他來當青木堂的香主，原本用他來做消弭李力世與關安基相爭的一隻棋子，只是到了後來做了幾件大事，青木堂諸人才對他信服。當陳近南明令李、關二人代理堂務，韋小寶已知道這是「過河拆橋」的手段。

韋小寶當上香主之後青木堂的第一件事就是徐天川打死沐王府的白寒松。起初他們不知白寒松已死，還要與問罪之師，但是沒有人肯負上如此重責，於是找韋小寶出頭。

玄貞道人道：「咱們一商量，迫不得已，只好請韋香主到來主持大局。」

……

眾人你一言，我一語，都十分氣惱。

玄貞道人道：「這件事如何辦理，大夥兒都聽韋香主的指示。」

……都是他青木堂的嫡系下屬，眼見人人的目光都注視在他臉上，不由得大是發窘，心中直罵：「辣塊媽媽，這……這如何是好？」

他心中發窘。一個個人瞧將過去，盼望尋一點線索，可以想個好主意，看到那粗壯漢子時，忽見他嘴角邊微有笑容，眼光中流露出狡猾的神色。此人剛才還大叫大嚷，滿腔子都是怒火。怎地突然間高興起來……」

《鹿鼎記》第九回〈琢磨頗望成全璧　激烈何須到碎琴〉

「小桂子」的觀察力非常之高，他明白到：

「……他們想去跟沐王府的人打架，卻生怕我師父將來責怪，於是找了我來，要我出頭……我只是個十來歲的小孩子．雖然說是香主，難道還真會有勝過他們的主意？他們是要拿我來作擋箭牌，日後沒事，那就罷了，有甚麼不妥，都往我頭上一推。說道：「青木堂韋香主率領大夥兒的。香主有令，咱們不敢不從。」哼！他們本就是雞蛋裡找骨頭，廢了我這香主，我領頭去跟沐王府的人打架，不論是輸是贏，總之是大大的一塊骨頭。好啊，辣塊媽媽，老子可不上這個當。」

小桂子就是有自知之明，觀察力又強，這些知識在書本中是學不到的，也可以說沒有誰可以教你，能明白的一瞬間便可豁然開朗，不明白的讀書讀到眼睛瞎了也無用。

試看有些糊裡糊塗的讀書人，也不照照鏡子看一看自己有何德何能，人家要給你高位，有大人物接見一下、垂詢幾句，骨頭都酥了；授以一個虛銜，人又輕了幾十斤；殊不知翻破萬卷書，磨穿幾隻硯所得來的滿腹墨水只能在吟詩作對寫文章時方才有用，在政治舞臺上是全沒屁用。這種汲汲於名利的書呆子在政壇上打滾，焉有不灰頭土臉之理。人貴自知，韋小寶能夠在政治舞臺上如此成功，有自知之明是重要原因之一。

又有些人活了幾十年，總是扮演「爛頭卒」的角色，有甚麼「虧」。他老哥總是身先士卒去吃個飽，至於有甚好處又都留給旁人。怨人不講義氣不如怨自己傻瓜，這是沒有自知之明的結果。

閒話休提，言歸正傳，韋小寶不肯上當，把「皮球」拋給玄貞道人，玄貞是條老狐狸，笑了一笑便把燙山芋拋給樊綱，樊綱卻是個傻瓜：

樊綱是個直性漢子。說道：「我看也沒第二條路好走，咱們就找到姓白的家裡。他們要是向徐大哥磕頭賠罪，那就萬事全休。否則的話，哼哼，說不得，只好先禮後兵。」樊綱這蠢貨便做了頭號「主戰派」，幾個人都附和「樊三哥的意見」，玄貞卻狡猾過了頭，只是「微笑點頭，不置可否」。但韋小寶也不是善男信女，一力迫他表態。

韋小寶心想：「你不說話，將來想賴，我偏偏叫你賴不成。」問道：「玄貞道長，你以為樊三哥的主意不大妥當，是不是？」

玄貞道：「也不是不妥當，不過大家須得十分慎重，倘若跟沐王府的人動手，第一是敗不得，第二是殺不得人。倘若打死了人，那可是一件大事。」樊綱道：「話是這麼說，但如徐大哥傷重不治，卻又怎樣？」玄貞又點了點頭。

玄貞還是一味點頭，韋小寶再來相迫：

韋小寶道：「請大家商量個法子出來。各位哥哥見識多，吃過的鹽比我吃過的米還多，走過的橋比我走過的路還多，想的主意也一定比我好得多。」玄貞向他瞧了一眼，淡淡的道：「韋香主很了不起哪！」韋小寶笑道：「道長你也了不起。」

這一段描寫真是妙到毫顛。玄貞很有政治智慧，只是聰明過了頭，他不會吃虧，但也難成大事。樊綱的確性子太直，他不吃虧算是老天爺沒生眼睛。韋小寶這次則學到很多有用的知識，玄貞再也不敢小覷他，甚麼勞什子的《青年處世之道》是教不了這些，要學處世之道，最好看《鹿鼎記》。

後來神龍島上一場政變，兩敗俱傷，除了韋小寶之外，人人中毒而全身乏力，雙方都為了拉攏他，洪教主給他做白龍使，陸高軒更說擁他做教主。韋小寶學會了有自知之明，也領教過青木堂的兄弟過橋抽板，明白人人武功高強，這教主是幹不過的，於是做了明智的抉擇，不殺洪教主。活學活用，怎能說他不學？

韋小寶這人十分無賴，但是不耍無賴又怎能周旋於青木堂眾「好兄弟」之間呢？起初他們一班人欺韋小寶年紀少，有甚麼事都先幹了才來問這韋香主怎麼辦。不耍無賴便要背上所有黑鍋。他們虜了沐劍屏才來請示他是一例，後來沐劍聲請吃飯又是一例。

沐王府的人請吃飯，青木堂眾人因虜了沐劍屏，心中有鬼，又想推韋小寶去做擋箭牌，但韋小寶學了乖，說話留下後路，至於赴不赴會卻不表態，還是關安基脾氣暴躁，做了爛頭卒：

> 關安基道：「韋香主請眾兄弟吃喝玩樂，那是最開心不過的。不過這姓沐的邀請咱們，要是不去，不免墮了天地會的威風。」韋小寶：「你說該去？」眼光轉到李力世、樊綱、祁清彪、玄貞、風際中、錢老本、高彥超等人臉上，見各人都緩緩點了點頭。
>
> 《鹿鼎記》第十三回〈翻覆兩家天假手　興衰一劫局更新〉

韋小寶輕巧的把擔子卸下，要他頂黑鍋不再容易了。去到沐王府吃飯，沐劍聲的師父柳大洪問他對雙方的糾葛能否擔當，他只好又耍無賴：

韋小寶道：「老伯伯，你甚麼吩咐，不妨說出來聽聽。我韋小寶人小肩膀窄，小事還能擔當這麼一分半分，大事可就把我壓垮了。」

天地會與沐王府群豪都不由微微皺眉，均想：「這孩子說話流氓氣十足，一開口就耍無賴，不是英雄好漢的氣概。」

在這你虞我詐的環境做英雄太過不值，耍無賴只是迫於無奈。

陳圓圓陳姑娘贊韋小寶是大才子，她說：

「詩詞文章做得好，不過是小才子，有見識有擔當，方是大才子。」

《鹿鼎記》第三十二回〈歌喉欲斷從弦續　舞袖能長聽客誇〉

大美人的話也錯不到哪裡，若果必須識字的才算是才子，不稱他做才子也無不可，稱做豪傑總不為過吧！

韋小寶不是英雄，他人品不好。

關於韋小寶的品行，作者本人也曾寫了一篇叫作《韋小寶這小傢伙》的文章為韋小寶作辯。

《再看金庸小說》描述了一個以金庸小說為論題的座談會，到會者全是身分非常的人物云云。席間許多人說韋小寶壞。列舉不少例證，有一位還記錯了情節，甚至連作者說韋小寶沒有做也不肯信。

事實上韋小寶的確做過一件壞事，大大的壞事，可惜那些憎恨韋小寶的讀者未曾讀熟《鹿鼎記》便胡亂發難，竟然可笑到罵人賭錢、不學無術、全靠運氣，這等三腳貓的功夫又怎能奈何得金段高手呢？

書小寶犯了強姦罪，他在麗春院強姦了阿珂和蘇荃，可能還強姦了毛東珠。

「強姦罪。是古今中外最不可饒恕的罪行，沒有任何其他罪行比這個罪行更卑鄙、下流、無能的了。」

以上對強姦罪犯的指責，各位可在《再看金庸小說》一書中找到。

這當然不是嚴厲指責韋小寶的，那是用來臭罵楊逍的，因為楊逍強姦了紀曉芙。

韋小寶是不管甚麼強姦不強姦的，他在上床之前自言自語：

「方姑娘、小郡主、洪夫人。你們三個是自己到麗春院來做婊子的。雙兒、曾姑娘，你們兩個是自願跟我到麗春院來的。這是甚麼地方，你們來時雖不知道，不過小妞兒們既然來到這種地方，不陪我是不行的。阿珂，你是我老婆，到這裡來嫖我媽媽，也就是嫖你的婆婆，你老公要嫖還你了。」

《鹿鼎記》第三十九回〈先生樂事行如櫛　小子浮蹤寄若萍〉

這種做人哲學對是不對也不必多講，不如看看受害人的反應：

忽聽得啪的一響，聲音清脆，欽差大人臉上已重重吃了一記耳光。阿珂垂頭哭道：你就是會欺侮我，你殺了我好啦。我……我……我死也不嫁給你。」

韋小寶還不知錯，又來恐嚇阿珂，說道他的老婆們若要逃走便斬鄭克塽的手腳，又要阿珂陪他喝酒。

阿珂哭道：「我……我不陪你喝酒，你給我戴上手銬好啦。」

於是平連向來最崇拜韋小寶的曾柔也看不過眼。

曾柔一言不發，低頭出去。韋小寶道：「咦，你到哪裡去？」曾柔轉頭說道：「你……你好不要臉！我再也不要見你！」韋小寶一怔，問道：「為甚麼？」曾柔道：「你……你還問為甚麼？人家不肯嫁你，你強逼人家，你做了大官，就可以這樣欺侮百姓嗎？我先前還當你是個……是個英雄，哪知道……」韋小寶道：「哪知道怎樣？」曾柔忽然哭了出來，掩面道：

「我不知道！你……你是壞人，不是好人。」說著便向廳外走去。

韋小寶這時才有些悔意：

「……覺得她的話倒也頗有道理，自己做了韃子大官。仗勢欺人，倒如是說書先生口中的奸臣惡霸一般……

……

韋小寶暗道：「你說得對，我如強要她們做我老婆，那是大花臉奸臣強搶民女，好比『三笑姻緣』中的王老虎搶親。」

這才釋放了不願跟他的女子。

韋小寶雖然沒有讀過書，可是戲看過不少，說書也聽過很多，應知道強搶民女是不好，「不知者」才「不罪」，韋小寶是明知故犯，他有罪。

蘇荃對他的惡行似乎不太反感，而阿珂後來也原諒了他，決定跟他。但也不能因而當他沒錯，只是錯處被補救了。

阿珂決定跟韋小寶的原因之一自然是鄭克塽這小子太不成器，另一個原因是她思想守舊，認為既與韋小寶有了孩子，就非成夫妻不可，又或許她忽然覺得韋小寶也有許多優點。

……韋小寶問道：「這便宜老子，你又幹嗎不做？」鄭克塽道：「她自從肚子裡有了你的孩子之後，常常記掛著你，跟我說話，一天到晚總是提到你。我聽著好生沒趣，我還要她來做甚麼？」

《鹿鼎記》第四十四回〈人來絕域原拚命　事到傷心每怕真〉

這是中國人向來的傳統，弄大了人家的肚皮而不顧自是大罪，但是女方若是自願而男方又肯負責，那麼鄉黨鄰里的輿論也不為已甚。

我們無法得知阿珂因何改變初衷，但是她起初確是死也不肯嫁給韋小寶。

說起來楊逍的罪狀跟韋小寶是相去不遠，紀曉芙不是為女兒改名為「不悔」嗎？

韋小寶不是英雄，但他有很高的政治智慧，知道要功成身退，也知道做英雄是要付出很大代價，他決定不做英雄，不做總舵主，不做皇帝。

胡斐、蕭峰、郭靖等人比韋小寶英雄百倍，所以他們都不快樂，楊過也是在與小龍女隱居之後才有些快樂。韋小寶急流勇退，所以他活得比較快樂。

古往今來的英雄都是苦難多，喜樂少。想要安安樂樂過一生就不要想做英雄。

做好人比做英雄容易得多，做好人比較易吃虧，可是做好人應該比做壞人開心些，愜意些。

所以不要妄想做英雄，做個好人算了。

補記：

提及「拔一毛以利天下」，乃是剛好當時知道有楊朱這家學說。《孟子．盡心》批評「楊朱學說」，有所謂：「楊子取為我，拔一毛而利天下，不為也。」此外《列子．楊朱》亦有：「楊朱曰：『……古之人損一毫利天下，不與也。』」這派「利己主義」，與近代西方經濟學闡揚人類傾向於自私而追逐利益的想法有相通處。

至於韋小寶的超強觀察力，則令人想起《千字文》所講：「聆音察理，鑑貌辨色。」聆音是聽，鑑貌是看；韋小寶實是耳聰目明的人材。因利成便，假公濟私一番。《千字文》是二十一世紀中國讀書人、中國青少年應要一讀的經典，當然要大力推介拙著《潘註千字文——己亥五四運動百周年增訂版》（心一堂，二〇一九），這回多了旅美學者楊浩石博士的審訂，是書實堪作年輕讀者於中國傳統文化的入門速成讀物。

這一段談論韋小寶的文字，引用了《鹿鼎記》書中甚不起眼的故事枝節，玩味甚不起眼人物的有趣對白，足見金庸小說的超凡功力。作者就是在這些與故事主線沒有重大牽連和關係之處，深入剖析到人性的細膩處。玄貞、樊綱和關安基這些戲份不多的小腳色，在金庸筆下也寫得有血有肉、活靈活現。作者對世態人情的觀察入微，真叫人「好生相敬」呀！

國森記

二〇一九

第二章　反個人崇拜

個人崇拜

金庸小說的一大特色是對搞個人崇拜的人和事大肆鞭撻，這令得《天龍八部》、《俠客行》、《笑傲江湖》和《鹿鼎記》很具有時代性。四部書裡的個人崇拜制度都各有特式而沒有太大的重複。

個人崇拜千百年來不斷戕害中國社會，歷朝以來瘋狂程度漸增，到了二十世紀的六十年代更推上了頂峰，搞個人崇拜既可以對社會有重大損害，那麼為何有人要搞呢？因為有人可以從中得益，又或者用以自保。

搞個人崇拜可以說是從學壇開始，繼而走上政壇，甚至走入工商百業的機構裡邊。

自號厚黑教主的李宗吾在《我對於聖人的懷疑》一文道出了他對個人崇拜的發源和演變的意見：

> 原來周秦諸子，各人特製一種學說，自以為尋著真理了，自信如果見諸實行，立可救國救民，無奈人微言輕，無人信從，他們心想：「人類通性，都是悚慕權勢的，凡是有權勢的人說的話，人人都肯聽從。」世間權勢大者，莫如人君，尤莫如開國之君……所以新創一種學說的人，

都說道：「我這種主張，是見之於書上。是某個開國之君，遺傳下來的。」……孔子生當其間，當然也不能違背這個公例，他所托的更多，堯舜禹湯文武之外，更把魯國開國的周公加入，所以他是集大成之人。周秦諸子，個個都是這個辦法，拿些嘉言懿行，與古帝王加上去，古帝王坐享大名，無一不成為後世學派之祖。」

可見搞個人崇拜原本是出於善意，可是「通往地獄的道路都是由善意鋪成」。很不幸周秦諸子的學說並未有真正實踐的機會，歷代帝王卻學會了搞個人崇拜的本領，而且青出於藍。

在學壇上最受尊崇的人是孔子，於是孔夫子沒有說過的，後人就不敢說，因為說出了會被視為異端。最上算的做法是把自己發明的學說附會於孔子，儼然以孔門嫡傳自居，再為了鞏固地位，當然要再把孔子神化，由是成了一個迴圈。因此「禮教」不曾吃人，中國的積弱也不能算在孔子頭上，只是後人搞個人崇拜來漁利而已。

在政壇上搞個人崇拜亦是如此，帝皇為要增加權威，鞏固統治，最好搞些宣傳，好讓臣民敬服。為臣子者，揣摩皇帝的喜好，拍拍馬屁，博得龍顏大悅，榮華富貴便享之不盡。

做皇帝的要搞個人崇拜必須有個扎實的理論基礎，學壇上的權威、聖人自然是「最佳搭檔」了。李氏又謂：

……聖人與君主，是一胎雙生的，處處狼狽相依。聖人不仰仗君王的威力，聖人就莫得那麼尊崇；君主不仰仗聖人的學說，君主也莫得那麼猖獗……君主箝制人民的行動，聖人箝制人民的思想……

真是的論！只是李氏不知道在他死後三十多年，個人崇拜的狂熱發展到不再單是漁利的手段，有時不過是為求自保而已。

金庸的最後四部小說都是以「個人崇拜」為寫作材料，而四者都各有異同，並不完全重覆，對於人處身個人崇拜的洪流之中如何自處有極其豐富的描寫。

補記：

「通往地獄的路，都是由善意鋪成的。」（The road to hell is paved with good intentions.）

此句常被認為出自諾貝爾經濟學得獎者，奧地利經濟學家海耶克（Friedrich August von Hayek，一八九九至一九九二），於一九四四年刊行的《通往奴隸之路》（The Road to Serfdom）。不過真實語源可能更早。

當然，海耶克其人、其書、其事，筆者其實所知無幾。只因當年引用過這名句，順便抄些流傳較廣的說法而已。

國森記
二〇一九

星宿派與丁春秋

丁春秋生平最大的癖好，便是聽旁人的諂諛之言，別人越說得肉麻，他越聽得開心，這般給群弟子捧了數十年，早已深信群弟子的歌功頌德句句是真。倘若哪一個沒將他吹捧得足尺加三，他便覺這弟子不夠忠心。眾弟子深知他脾氣，一有機會，無不竭力以赴，大張旗鼓的大拍大捧，均知倘若歌頌稍有不足，失了師父歡心事小，時時刻刻便有性命之憂。這些星宿派弟子倒也不是人人生來厚顏無恥，只是一來形格勢禁，若不如此便不足圖存，二來行之日久，習慣成自然，諂諛之辭順口而出，誰也不以為恥了。

《天龍八部》第四十二回〈且自逍遙沒誰管〉

丁春秋愛聽奉承說話的性格似乎是與生俱來，或許喜歡自尊自大原本就是人類的天性。如果人類真如猶太人所說是耶和華先生所創造，則擁有此一天性是必然的後果，畢竟耶和華先生造人的目的本是想聽人讚美自己的大能。

輕度的拍馬屁事實上也有積極的作用，受者聽到了溢美之詞，只要贊得不太過分，一定會加把勁做事，以求名副其實。運動場中球迷們吶喊助威，就有這個作用，星宿老怪丁春秋有時也跟運動員一般，需要這樣的一些鼓勵。

鑼鼓聲中，一名星宿弟子取出一張紙來，高聲誦讀，駢四驪六，卻是一篇「恭頌星宿老仙揚威中原贊」……

別小看了這些無恥歌頌之聲，於星宿老怪的內力，確然也大有推波助瀾之功。鑼鼓和頌揚聲中，火柱更旺，又向前推進了半尺。

過分的讚詞就大大的不同了，有自知之明的人自然不會受諂諛之詞所欺、所誤，可是世人大多缺乏自知，高帽子受得多，漸漸就以為自己真的如此高明，再也不能容忍任何批評。權位不高之輩最壞也不過成為他人茶餘飯後聊天的笑柄；若居於廟堂的人只愛聽人吹捧，不能接受批評，結果除了毀滅自己還要令無數人受苦受難。

有些人不為求生而亂拍馬屁，自難理解身陷著狂了的國度的不幸，星宿派諸人固非生來便厚顏無恥，而歌功頌德之輩亦多只為了委曲求存。而最可恥的應該是這些不拍馬屁也死不了的人，為博當權者、老大哥一粲，連人家放的臭屁也要「小聲呼、大聲吸」。

星宿派以丁春秋慘敗告終，一眾門人全投入了靈鷲宮，而丁春秋則在少林寺中終老，結果還不算太慘。

雪山派與白自在

《俠客行》在金庸小說中較不受重視，因此白自在自大成狂的情節未在讀者心中留下深刻印象。白自在外號「威德先生」，「德」可沒有幾多，「威」卻非常之大，白自在早年機緣巧合，服食了雪山上異蛇的膽血，內力大增，門中師弟莫有能及，兼且在三十歲之後未逢一敗，便自以為武功天下第一。

他失心瘋的原因是先有石中玉闖下大禍，圖姦不遂，傷人逃脫，白自在見孫女自盡（結果也沒有死去），遷怒弟子，又打了老妻史小翠一巴掌，連史小翠也氣走，於是日日大發脾氣。這樣還不氣得瘋了，後來丁不四騙他說，他老婆曾隨自己上過碧螺山，於是白自在開始有些失常，大弟子封萬里言道：

「……師父忽然不住的高聲大笑，見了人便問：『你說普天之下，誰的武功最高？』大夥兒總答：『自然是咱們雪山派掌門人最高。』瞧師父的神情，和往日實在大不相同。他有時又問：『我的武功怎樣高法？』大夥兒總答：『掌門人內力既獨步天下，劍法更是當世無敵，其實掌門人根本不必用劍，便已打遍天下無敵手了。』……」

《俠客行》第十七回〈自大成狂〉

接下去有三個弟子和兩名醫生答得不令白自在滿意而喪命掌下，凌霄城上上下下人人自危，於是眾人用迷藥迷住白自在，將他囚禁。

這裡的描寫與其他三部小說略有不同，首先整個「個人崇拜制度」全由一手做成，其次書中也描述了在瘋狂的環境之下各人如何自處，最後卻還有自大成狂的瘋子逐步痊癒的經過。

白自在自封的名號是「古往今來劍法第一、拳腳第一、內功第一、暗器第一的大英雄、大豪傑、大俠士、大宗師」，可稱為「四大、四第一」。這場個人崇拜的鬧劇沒有誰人得益，阿諛諂媚也僅足保得首領，白自在為了補償自己現實生活中的不快而迫令眾師弟和弟子膜拜自己，正好是自大與自卑綜合的例子。

書中也寫出不同人的不同做法，最高尚的一位可惜連名字也沒有留下，只知他姓燕，是白自在的第七弟子。為了保持人格上的完美，他犧牲了性命，封萬里道：

「……他（白自在）指著燕師弟鼻子說道：『老七，你倒說說看，古往今來，誰的武功最高？』燕師弟性子十分倔強，說道：『弟子不知道！』師父大怒，提高了聲音又問：『為甚麼不知道？』燕師弟道：『師父沒教過，因此弟子不知道。』師父道：『好，我現今教你：雪山派掌門人威德先生白自在，是古往今來劍法第一、拳腳第一、內功第一、暗器第一的大英雄、大豪傑、大俠士、大宗師！你且念一遍來我聽。』燕師弟：『弟子笨得很，記不住這麼一連串的話。』師父提起手掌，怒喝：『你念是不念？』燕師弟悻悻地道：『弟子照念便是。雪山派掌門人威德先生白老爺子自己說，他是古往今來劍法第一……』師父不等他念完，便已一掌擊在他的腦門，喝道：『你加上自己說三個字，那是甚麼用意？你當我沒聽見嗎？』

……」

與瘋狂的個人崇拜正面衝突差不多是死路一條，維護真理的代價著實不少，如何取捨真是難說得很。這種悲劇古今中外不知發生了多少次。

另一種做法是「走為上策」，事實有七個弟子就不辭而別，但這做法也不一定行得通。陶潛假若不幸生於極權社會，他絕不能有「采菊東籬下，悠然見南山」的閒情，他一定要如雪山派弟子一樣鎮日價念那「四大、四第一」的口號。

封萬里的做法最危險，他既要負上叛師之名，事成之後又要受師叔的排擠，成也難為，敗也難為。勞心勞力，別人卻坐享其成。

廖自礪則最衝動，事實上白自在的四個師弟都想致白於死地，廖自礪卻笨人開口。他最蠢的還是和白萬劍動手，那時已經事敗，他卻去做「爛頭卒」而給斫下一腿。

齊自勉卻有很高的政治智慧，他裝好人，表面上反對殺白自在而想廖自礪擔上所有罪名，他又與梁自進預有協定，一動手便制廖自礪於死命，若不是成自學為保住均勢出手援救，姓廖的傻子早已死了。

成、齊、梁三人都是老奸巨滑，不論誰人得勢他們都可穩坐釣魚船，正所謂「任從天下亂，張孔永無憂」。因此他們都有本錢在政壇上混。廖自礪武功雖是四人之中最高，但在政治鬥爭中必然落敗。封萬里事事以大局為重，這類人物，在政爭中必定最勞心力，最多風險。

雪山派的一段故事道盡在恐怖的言論箝制和慘烈的政治鬥爭中求自保的諸般法門，在四部小說中頗為獨特。

白自在自大成狂終於以覺悟告終，雪山派沒有覆滅是不幸中之大幸，也可算是喜劇收場，而現實世界裡對政治領袖的個人崇拜卻沒有這麼容易解決。即使不像星宿派的無疾而終或神龍教的土崩瓦解，起碼也要如日月神教教主任我行暴斃方得告一段落。

白自在先除去「四大、四第一」的「內功第一」，那是因為他打不過石破天，當然妻子、孫女重逢也減輕了他的瘋病。俠客島上見到斟酒的侍僕接粥的身手再令他覺得「拳腳第一」靠不住。吃臘八粥又是第二，「大英雄、大豪傑」也得刪去。見張三、李四和石破天一起吃粥，又想起倘若自己結義兄弟服了毒，自己肯不肯陪死，不覺猶豫起來，於是「大俠士」也得刪去。龍島生露一手擲簿的功夫，「暗器第一」又需摘去。龍木島主高弟人眾，「大宗師」又要除去。

這「四大、四第一」中只剩「劍法第一」未除，但他的「雪山劍法」也未必敵得過「金烏刀法」，至此他的自大狂才算痊癒了。

白自在其實十分幸運，他有機會碰到本領比自己強的人，兼且武功一道打勝的就是高明，容易分辨，因而心智得以回復正常。假如自大狂涉及甚麼意識形態或者夾纏不清的理論，要從歧路上回頭，就非常困難，故此政治上的個人崇拜大都以悲劇收場，這似乎是無可避免的。

補記：

「任從天下亂，張孔永無憂」，指山東曲阜孔子嫡派後人「衍聖公」和江西龍虎山張天師兩家。

這句中國民間流傳甚廣的俗語，指出即使改朝換代，有了新姓的皇帝即位，儒家和道家的代表人名仍然可以保留相對尊貴的地位。

衍聖公的封爵始於宋朝，清室退位、民國成立之後，衍聖公仍然世代繼承。中華人民共和國成立以後，末代衍聖公孔德成（一九二〇至二〇〇八）遷到台灣，他是中國廢除帝制之後最後一任的世襲衍聖公，他是孔子第七十七代嫡孫。其子孔維寧（一九四七至二〇一〇）、其孫孔垂長（一九七四——）先後繼任為「大成至聖先師奉祀官」，不再是「公爵」了。

第一代張天師是漢代張道陵（三四至一五六），他是道教正一道的創始人，相傳他是漢初三傑之一張良的後人。第六十四代張天師張源先（一九三一至二〇〇八）也是在台灣定居，第六十五代該由誰繼承還出了不少紛爭。

張孔兩家的最後一位無爭議的傳人同一年在台灣離世，至今已逾一旬。「任從天下亂，張孔永無憂」亦因為廢除帝制近一世紀之後，正式成為歷史。

國森記

二〇一九

日月神教的一絲希望

日月神教的個人崇拜制度在任我行暴斃後告終。任我行的行為是「權力令人腐化」的最佳例子，未重得大權，還一派勵精圖治的樣子，政變一成又立刻拋諸腦後。令狐冲的八字評言：「言者無恥，受者無禮」的確一針見血，受者強迫人不顧人格的大拍馬屁，更加無恥。

但是童百熊的情況卻最令人心痛，他與東方不敗原是過命的交情，卻受楊蓮亭誣陷。童百熊起初還十分強硬，但到楊蓮亭以童的兒孫相脅，立時又軟化起來，不得已要認「錯」。一個人若孑然一身，就是處於暗無天日的個人崇拜制度，至不濟也只如雪山派姓燕的好漢，用鮮血洗淨自己的人格。但是有滿門老少拘繫，想維護真理、維護正義就難得多，自己一死也無話可說，株連親人就於心不忍了。因此許多人一方面不能阿諛，又不敢正面反抗，經歷內心交戰之後，自戕似是唯一道路。童百熊雖然是條硬漢，眼見自己的孫兒批判自己，心中苦痛之深，又豈是我輩局外人可知？

楊蓮亭是搞個人崇拜以漁利的好例子，他武功才幹都不高，只是人較硬朗而已。他靠著與東方不敗的關係而居高位，大搞個人崇拜，沒有教主的威嚴，他這總管也不得如此跋扈，教主沒有他的吹捧也不能如此受尊崇。但楊蓮亭的政治手腕並不高明，他做得太過分，因此他的靠山若然倒下，他也不會有好的收場。個人崇拜足以令當權者瘋狂，而他周圍的人亦復如此，楊蓮亭最後也狂起來。

有一點十分有趣的是找人假冒東方不敗，與多年前的一些傳聞有些相似。東方不敗事實沒有怎樣受吹捧所影響，他因為練功而性格也變了，與個人崇拜無關。任我行卻被個人崇拜所毀滅。

日月神教的故事卻給我們一絲絲希望，在人治制度下，個人崇拜是可以從有而無、是可以完全廢止的。中國人千百年來受盡個人崇拜之害，在未來人治或許不易轉為法治，但是個人崇拜卻是可以消滅的。

補記：

「權力令人腐化，絕對的權力令人絕對腐化。」（Power tends to corrupt, and absolute power corrupts absolutely.）這句話近年在香港大行其道，出自十九世紀英國歷史學家艾克頓勳爵（Lord John Dalberg-Acton，一八三四至一九〇二），在一八八七年的一封書信。寫《話說金庸》的時候，也信手拈來引用。

國森記

二〇一九

神龍教

接連寫了三部與個人崇拜有關的小說，可用的題材也差不多用完了，也只有金庸才能再作突破。神龍教的故事道出來的是內行人受外行人領導之慘。

胖頭陀初出場時何等威武，少林寺十八羅漢也要合圍他，才可迫他釋放韋小寶。但是一回到神龍島卻惶惶不可終日，還要受無聊的小輩欺辱：

……韋小寶見他神色鬱鬱。這些年輕男女對他頗為無禮，心想他武功甚高，幹嗎怕了這些十幾歲的娃娃，不由得對他有些可憐。便點了點頭。

《鹿鼎記》第十九回〈九州聚鐵鑄一字　百金立木招群魔〉

胖頭陀就好比「專而不紅」的學者、專家，那些少年人就如「紅而不專」，甚麼也不懂的幹部。胖頭陀空有一身武功，仰洪教主的鼻息也無話可說，連這些小輩也來作弄於他，無怪乎連韋小寶也要同情起他來。

陶潛「不為五斗米而折腰事鄉里小兒」，故而拂袖歸於田園，最重要的並非嫌「五斗米」太少，也不是不肯「折腰」，而是不肯「事鄉里小兒」，更不肯「折腰事鄉里小兒」。

人生在世又焉能人人不用折腰，折腰也得有點理由，「折腰事鄉里小兒」就太令人難堪了。

要胖頭陀膜拜洪教主是沒有問題，但要膜拜洪教主的老婆就大大不願了，再要受這些甚麼也不懂的小孩子的閒氣，確是十分淒慘，畢竟「閻王好見，小鬼難當」。

拂袖而歸嗎？可沒這般容易，赤龍使無根道人也只能求饒：

無根道人：「神龍教雖是教主手創，可是數萬兄弟赴湯蹈火，人人都有功勞。當年起事，共有一千零二十三名老兄弟，到今日有的命喪敵手，有的被教主誅戮，剩下來的已不到一百人。屬下求教主開恩，饒了我們幾十個老兄弟的性命，將我們盡數開革出教。教主和夫人見著我們老頭兒討厭，要起用新人，便叫我們老頭兒一起滾蛋吧。」

《鹿鼎記》第二十回〈殘碑日月看仍在　前輩風流許再攀〉

可是身陷極權統治之中，求饒也是無用，老大哥是不肯放過任何人的：

洪夫人冷笑道：「神龍教創教以來，從沒聽說有人活著出教的。無根道長這麼說，真是異想天開之至。」無根道人道：「這麼說，夫人是不答應了？」洪夫人道：「對不起，本教沒這個規矩。」……

雖然一場政變之後，洪教主暫不殺戮教眾，可是洪教主支配部下、奴役部下的本性沒有絲毫變改，在通吃島上只剩下幾個老兄弟，還要用毒藥來控制他們，最後落得個玉石俱焚，土崩瓦解。

補記：

「閻王好見，小鬼難當」意指：掌權的領導人還好應付，反而他們手下的人比較難擺平。今年再看這個老生常談的俗語，對比當下香港的現況，感受更深。在上大學、上學的一些香港小孩，真有點似金庸筆下《鹿鼎記》神龍教的娃娃，包括那個被韋小寶戲稱為「媽」的圓臉少女。

國森記

二〇一九

第三章　蕭峯、韋小寶與民族大義

青城、蓬萊、諸保昆

《再看金庸小說》特地將此段故事拿出來討論，書中評之為：

《天龍八部》中，有一段並不重要，所佔篇幅也不多，和整部書的結構也沒有多大關係的小插曲，但是卻驚心動魄，至於極點。

這一段小插曲的對敵雙方，是蓬萊派和青城派。在這一段中，金庸寫出了江湖人物的仇怨之源，有時已到了失去理性的程度。

在未討論這一小段故事背後的含義之前，不如先簡述一下始末詳情。

原來兩派因論武而結仇，百餘年來仇殺甚慘。八十年前蓬萊派的掌門海風子派了自己的得意弟子混入青城派偷學武功，以求知己知彼，但是沒有學成，便事敗被殺。從此青城派只收川人為徒，蓬萊派也非山東人不納入門牆。

蓬萊派的都靈子又重施故技，在川中找到諸保昆，見他是個學武之才，便佈下圈套，差人扮作大盜，潛入諸家，作劫財劫色之狀。都靈子便即現身救人，諸家上下自是感激不盡，他再危言聳聽，騙得諸家求他留下，又引得諸保昆拜之為師。

待得諸保昆學成武功，都靈子便告知兩派仇怨，著諸保昆自決，諸保昆不知盜劫救人一事全是假扮，感激之餘，便投入了青城去做臥底。

可是諸保昆見青城派的師父司馬衛待己甚厚，不忍加害，因此立意待其去世之後，司馬衛的兒子司馬林繼位才下手。

及後司馬衛死於青城派的「破月錐」之下，眾人到慕容復家中尋仇，諸保昆的身分才被王語嫣無意之中揭破。

於是青城派諸人圍攻諸保昆，幸得王語嫣指點，才得免於難。最後包不同出現侮辱司馬衛，諸保昆愧對亡師，力戰而敗，方才與青城派諸人離去，至於是死是活，作者也沒有言明。

諸保昆不幸做了青城、蓬萊兩派鬥爭的犧牲品，他受了都靈子所害。司馬衛對他有恩，在他心目中，都靈子也對他有恩，於是他進退兩難，寧願死在包不同之手。

正如書中所言，最好的結果自然是青城派諸人原諒了他，從而解開百多年來的仇怨。但也極有可能重傷的諸保昆慘受屠殺，兩派的仇恨繼續下去。作者沒有指明諸保昆的下場，只是寫道：

青城派眾人面面相覷，不知是否該當上前救護。但見他為了維護先師聲名而不顧性命，確非虛假，對他恨惡之心卻也消了大半。

《天龍八部》第十三回〈水榭聽香　指點群豪戲〉

好了，這一段故事究竟與全書沒有多大關係還是別有深意呢？

高明的讀者掩卷細想，應該想到諸保昆的遭遇好像跟一位大英雄頗為相似。

這位英雄便是「教單于折箭、六軍辟易，奮英雄怒」的蕭峰。在讀者心中公認的英雄蕭峰。

補記：

金庸在新三版《天龍八部》補充了，青城派一伙被包不同收服了。有包三先生包庇，司馬林等人就不可能再去殺害諸保昆了。

國森記

二〇一九

大遼、大宋、蕭峰

諸保昆與蕭峰的遭遇事實上大同小異，作者特意描述諸保昆身處青城、蓬萊兩派之爭的夾縫中的苦況，來襯托起蕭峰夾映在兩大民族之爭的不幸。

青城、蓬萊之爭鬧起來十分無謂，大遼、大宋之爭又怎樣呢？史書當然認為遼宋之爭是遼國侵略我中華上國，可是史書必定可信嗎？

幾十年前日本侵略中國，證據確鑿，身歷其境的人還未死光。日本政府已經有膽量篡改歷史，那麼年代久遠的史料，我們又怎能確定是真實的呢？

歷史上民族之間的鬥爭，許多時都是十分無謂。事實上民族之間的鬥爭最主要的原因不外是爭奪地球上有限的資源，土地、水源、牲畜等等。在古時這些資源的主權歸屬還未有明確界定，因此民族之間的紛爭有時很難說得出誰是誰非。黃帝戰蚩尤、武丁伐鬼方、宣王逐玁狁等等，從漢族、華夏的立場而言故然是正義之戰，但事實上也未必如此簡單。

遼宋之爭亦復如此，作者借蕭峰與阿朱在雁門關外所見提出了疑問：

他伸首外張，看清楚了那些大宋官兵，每人馬上大都還擄掠了一個婦女，所有婦孺都穿著契丹牧人的裝束。好幾個大宋官兵伸手在契丹女子身上摸索抓揑，猥褻醜惡，不堪入目。有些女子抗拒支撐，便立遭官兵喝罵毆擊……

跟著嶺道上又來了三十餘名官兵，驅趕著數百頭牛羊和十余名契丹婦女……

突然之間，一個契丹婦女懷中抱著的嬰兒大聲哭了起來……那軍官大怒，抓起那孩兒摔在地下，跟著縱馬而前，馬蹄踏在孩兒身上，登時踩得他肚破腸流……

《天龍八部》二十回〈悄立雁門　絕壁無餘字〉

每當兩個民族正在激烈鬥爭之中，雙方都會向自己的成員灌輸對方十惡不赦的觀念。蕭峰投身丐幫，終日所受的教育都告訴他契丹人「暴虐卑鄙，不守信義」，「慣殺漢人，無惡不作」。而事實上契丹人有好有壞，漢人也有好有壞，這原本是十分顯淺的道理，但是在雙方都陷入半瘋狂的狀態時，自難會有人作如是想。

青城、蓬萊兩派由論武而致仇殺固然不理性，民族之間因狹隘的民族主義而起的仇殺同樣不理性。

杏子林中揭露蕭峰出身，智光和尚用言語擠兑蕭峰：

智光向喬峰道：「喬幫主，此事成敗，關係到大宋國運，中土千千萬萬百姓的生死，而我們卻又確無制勝把握。唯一的便宜，只不過是敵在明處而我在暗裡，你想我們該當如何才是？」

喬峰道：「自來兵不厭詐。這等兩國交兵，不能講甚麼江湖道義、武林規矩。遼狗殺戮我大宋百姓之時，又何嘗手下容情了？依在下之見，當用暗器。暗器之上，須餵劇毒。」

以民族仇恨淩駕一切道德標準，那麼恐怖分子濫殺平民，連婦孺也不放過就變得「無可厚非」了。於是乎這班截擊契丹武士的中原群雄，敵不過蕭遠山便向他的妻兒下手，殺戮手無寸鐵的婦孺也都變得「理所當然」了。

在《天龍八部》裡作者用頗為含蓄的筆法寫出那些打著「民族大義」旗號去濫殺無辜的行徑，作者甚至不去評論這種行為是對是錯，他把決定權完全交給讀者。

蕭峰與諸保昆都是受人所害，都靈子把無辜的諸保昆捲入兩派仇殺的漩渦之中，而玄慈和汪劍通等人竟然殘忍到把蕭峰引入丐幫。

丐幫這個組織的性質與今時今日的一些恐怖組織很相近。他們幹的是暗殺敵國將領、顛覆、間諜等等的勾當，站在漢人、大宋的立場，丐幫的人是民族英雄，可是他們實與現代的恐怖分子無異，事實上甚麼「陣線」、甚麼「聖戰組織」等等的成員，同樣受其族人尊崇。假若我們認為丐幫中人的恐怖活動是為國為民的英雄行徑，那麼我們實不能從責那些劫機、暗殺的恐怖分子，畢竟他們也是為國為民。

玄慈和汪劍通實在不應該讓蕭峰入丐幫，丐幫是對付遼國的一大「恐怖組織」，蕭峰身在其中，整日受「契丹人暴虐卑鄙」的洗腦式教育，又要參加殺戮遼人的活動，簡直是陷害他，所以我以為這二人的行為非常卑鄙可恥。

蕭峰所受的痛苦又比諸保昆沉重百倍，諸保昆自始至終都被蒙在鼓裡，而蕭峰得知真相，所受的衝擊非常之大：

一霎時之間，喬峰終於千真萬確的知道，自己確是契丹人。這胸口的狼頭定是他們部族的記號。想是從小便人人刺上。他自來痛心疾首的憎恨契丹人。知道他們暴虐卑鄙、不守信義，知道他們慣殺漢人，無惡不作，這時候卻要他不得不自認是禽獸一般的契丹人，心中實是苦惱之極。

《天龍八部》二十回〈悄立雁門　絕壁無餘字〉

一個人數十年來堅信不移的觀念一旦完全破滅並不是每個人都承受得起，也只有蕭峰如此英雄方能抵受得住。

經歷一番內心交戰，又有阿朱在旁慰解，蕭峰才能解開心中鬱結：

過了一會，喬峰緩緩的道：「我一向只道契丹人兇惡殘暴，虐害漢人，但今日親眼見到大宋官兵殘殺契丹的老弱婦孺，我……我……阿朱，我是契丹人，從今而後，不再以契丹人為恥，也不以大宋為榮。」

可是他在丐幫所受的教育，令他感到有仇不能不報，為了追尋「帶頭大哥」，落入了馬夫人的圈套，親手打死了阿朱。最卑鄙可恥的自然是玄慈這個賊禿，他不敢為自己所作所為負責，其實蕭峰夜闖少林，他便該承認自己是「帶頭大哥」，承擔一切責任，免得害死一班為他隱瞞的江湖朋友。

蕭峰的悲劇是由玄慈一手做成。

諸保昆對兩派的師父都有深厚感情，結果左右做人難。蕭峰對於大宋、大遼同樣有厚愛，再加上宅心仁厚的性格，在兩國相爭之下，他同樣感到為難。

他本身是契丹人，卻在大宋境內長大，至交好友大都是宋人，助遼主伐宋固是不忍，殺遼兵救中原豪傑也是難為。為息兩國干戈，蕭峰不惜犯顏直諫，結果被耶律洪基囚禁。到得眾人營救，段譽叫他系上白布，也是不能：

蕭峰一瞥間，見遼兵難分敵我……那些頸縛白巾的假遼兵，卻是一刀一槍都招呼在遼國的兵將身上……拿著白巾，不禁雙手發顫，心中有個聲音在大嚷：「我是契丹人，不是漢人！我是契丹人，不是漢人！」這塊白巾說甚麼也繫不到自己頸中。

……

蕭峰站在城頭，望望城內，又望望城外，如何抉擇，實是爲難萬分！群豪爲搭救自己而來，總不能眼睜睜瞧著他們一個個死於遼兵刀下，但若躍下去相救，那便公然和遼國爲敵，成爲叛國助敵的遼奸，不但對不起自己祖宗，那也是千秋萬世永爲本國同胞所唾罵。逃出南京，那是去國避難，旁人不過說一聲「蕭峰不忠」，可是反戈攻遼，卻變成極大的罪人了。

《天龍八部》第五十回〈教單于折箭　六軍辟易　奮英雄怒〉

蕭峰結果按捺不住，動手救人，讓大理國、靈鷲宮與中原群豪三路人馬一一出城。但是出得城來又要逃避遼國鐵騎追擊，不擊殺遼兵，三路人馬必全部覆滅，對付遼兵，又是叛國行為。到了雁門關下前無去路，後有追兵，迫得威脅遼帝罷兵，免得再有死傷。但是他始終不能接受自己叛國的罪名，無可奈何之下自戕。

諸保昆知道青城派的師父傾囊相授，心下又是感激，又是羞愧，決意維護師父聲名，不惜死於包不同之手。諸蕭二人的境況是大同小異。在民族大義的夾縫之中，沒有人能抗拒，就如蕭峰如此英雄人物也無可奈何。

可是背叛耶律洪基便是叛國了嗎？便是遼奸了嗎？順從他的侵略行為就是愛國，就是民族英雄？是遼人便不能反遼帝嗎？

蕭峰死後，中原群豪議論紛紛：

「喬幫主果真是契丹人嗎？那麼他為甚麼反而來幫助大宋？看來契丹人中也有英雄豪傑。」

「他自幼在咱們漢人中間長大，學到了漢人大仁大義。」

「兩國罷兵，他成了排難解紛的大功臣，卻用不著自尋短見啊。」

「他雖於大宋有功，在遼國卻成了叛國助敵的賣國賊。他這是畏罪自殺。」

「甚麼畏不畏的？喬幫主這樣的大英雄，天下還有甚麼事要畏懼？」

耶律洪基見蕭峰自盡，心下一片茫然，尋思：「他到底於我大遼是有功還是有過？他苦勸我不可伐宋，到底是為了宋人還是為了契丹？他和我結義為兄弟，始終對我忠心耿耿，今日自盡於雁門關前，自然決不是貪圖南朝的功名富貴，那……那卻又為了甚麼？……」

《天龍八部》第五十回〈教單于折箭　六軍辟易　奮英雄怒〉

民族大義的情懷在一個民族處於危急存亡之秋確可激勵人心，使得這個民族更容易渡過難關，在這個層面而言，宣揚民族大義是件好事。

但是過分強調，又可以成為野心家手上的權杖，高舉民族大義的大纛之下，沒有人能抗拒，即使蕭峰這般英雄，也只得一死以請「罪」。

事實上蕭峰沒有叛國，他不是遼奸，反而他極其愛護他的民族、他的同胞，所以他反對開戰，他反對皇帝，但是他沒有反叛國家民族。

不幸在虛假和謬誤的「民族大義」之下，他成了賣國賊。他不能釋懷，他只有死。

怎樣的人才算是漢奸？反對暴政的人不是漢奸！不肯為虎作倀的人也不能算是漢奸！

大漢奸是出賣民族利益以求私利的人，因此不在高位的人根本沒有條件做大漢奸。小漢奸是借助外族人的威勢漁肉同胞的人，一般人只有做小漢奸的條件。

亂罵人做漢奸的小人應該下拔舌地獄。

我認為蕭峰不夠英雄的另一原因正是他不能勘破狹隘的民族觀，他敢於正面抗衡披著民族大義的外衣、以圖成就個人名望權位的耶律洪基，若果他再能看破虛名，不怕被誣為「遼奸」而不自殺，他的勝利才能算更為全面。

不過作者要突出扭曲了的民族大義可以怎樣將人壓迫，自不能不讓蕭峰自戕。

如果說《射鵰英雄傳》和郭靖宣揚了民族大義，激勵了讀者的愛國情懷，那麼《天龍八部》和蕭峰卻對民族大義作出極深入的反省，警告讀者野心家如何張起民族大義的旗幟去尋找權力，博取身後名。

補記：

「打草穀」是中國北方遊牧民族，在敵方的領地內搶劫的習慣，金庸在《天龍八部》寫喬峰目睹宋兵到遼界打草穀，恐怕只是「藝術加工」，並非史實。

《碧血劍》有寫明末崇禎年間，清兵數度入關劫掠，那是更大規模的「打草穀」了。書中第十一回〈慷慨同仇日　間關百戰時〉寫袁承志率領山宗舊人與各省武林中人，打敗清軍。時代背景是崇禎十五年清將阿巴泰入關劫掠數月至明年之史實，共計俘虜平民三十萬人之眾。

國森記

二〇一九

民族主義的反省

細看金庸前期與後期的小說可見作者的民族觀略有改變。起初是一面倒的宣揚民族大義，到後來經過深入的反省，愛國愛民的情懷並未有減，但卻理智得多，對於盲目的民族大義，與其衍生的愚忠思想作出了質疑。

《書劍恩仇錄》很明顯擺出一副「漢滿不兩立」的鮮明立場，驅逐胡虜，還我河山，正是紅花會的最高目標。江湖中人，最為人不齒的就是投身清廷為鷹犬，差不多見到了江湖上的朋友也要抬不起頭來。書中的乾隆皇也是一派昏君的模樣，滿洲官兒，也沒有甚麼好人。

《射鵰英雄傳》也同樣是以漢族為本位，為國家民族，「安答」結義之情也不能兼顧，郭靖迫不得已要行刺拖雷。通敵賣國更是十惡不赦，在華山之巔，洪七公怒斥裘千仞，說對付賣國賊不必管江湖道義，圍攻裘千仞也無甚不可，裘千仞自然無詞以對。

在金庸的前期作品，外族總是以殘酷手段對付漢人，他們全都是侵略者。

到了《天龍八部》是個大突破，作者最先借趙錢孫之口道出了「漢人未必高人一等，契丹人也未必豬狗不如」！

在本民族受侵略、受壓迫之際，大力宣揚民族大義，突出本族的優越性和展示敵方的獸性，於全民士氣是很有幫助。猶太人若不是深信自己是上帝的選民，他們很可能早就消失在地球之上了。於承平之世過分宣揚本族的優越性，很可能導致既自大又復自卑的複雜心理，於國家民族未必是利多於弊。

《天龍八部》道出了狹隘的民族主義如何害人，連蕭峰也不能倖免，在某種程度上，蕭峰是受到自小洗腦式的教育所害。

到了《鹿鼎記》，作者對民族大義作出更深入的反省，以陳近南盲目的愚忠，與康熙的勤政愛民對不顧一切的民族情懷再作質疑。

陳近南的愛國愛民已經扭曲為奴才式的愚忠，他之反清是為朱家反清、為鄭家反清，而不是為國家民族的真正利益而反清，民族大義成了朱家、鄭家的權杖，陳近南卻成了權杖下的一隻棋子。他明知盲目服從鄭克塽對於興複大業完全沒有幫助，但他的奴性告訴他必須服從，甚至命喪鄭克塽之手，他還不許韋小寶復仇，任由鄭克塽敗壞反清的基業。陳近南雖然有深愛於國家民族，但是如此愛法，於人於己都無甚裨益。

《鹿鼎記》摒棄歷來史家以雙重標準評論清史的習慣，不以漢族法統來觀清初康熙年間的政績，而以民族真正利益為出發點，肯定了當時清帝的政績。

有關中國通史的教科書每喜以「高壓政策」與「懷柔政策」來將康雍乾三朝的政績分類，將諸般德政視為籠絡漢人，軟化漢人的手段，這種治史的態度十分偏頗。

我識得一位念法律的女孩子，她曾經表示大學預科兩年念中國歷史一科是浪費了時間，她的意思當然不是多讀國史不好，而是以偏頗的態度讀史，曲意奉迎偏頗的史家不好。

《鹿鼎記》最後一回，寫顧炎武、呂留良、查繼佐與黃黎洲去向韋小寶說項，韋小寶說道康熙皇帝比明朝的皇帝好，四人也不能否定：

顧查呂黃四人你瞧我，我瞧你，想起明朝各朝的皇帝，自開國的明太祖直至末代皇帝崇禎，若不是殘忍暴虐，便是昏庸糊塗，有哪一個及得上康熙？他四人是當代大儒，熟知史事，不願抹煞了良心說話，不由得都默默點頭。

《鹿鼎記》第五十回〈鶚立雲端原矯矯　飛天外又冥冥〉

韋小寶不肯行刺皇帝、也不肯取而代之，是對是錯，高明的讀者定必心裡有數。

查繼佐言道：

「……韃子佔了我們漢家江山，要天下漢人紮頭結辮，改服夷狄衣冠，這口氣總是咽不下去……」

這種論調是否為民族真正利益，相信讀者也必有自己的意見。

隨著社會變遷，人類的生活習慣改變很大，我們現在蓄短髮，首不戴冠，可不是「服夷狄衣冠」麼？

韋小寶想一腳踏兩船，皇帝沒有迫他，但天地會的兄弟卻不肯，舒化龍自毀一目，留下一顆眼珠子來看韋小寶怎樣幹一番大事，另外一個老者叫他回家問他娘，自己的老子是漢人還是滿人。

弦外之音，是漢人便當反清，是滿人才可安做高官。

蕭峰也曾面對相同的難題，依天地會那老者之意，蕭峰既是遼人，自應助遼帝伐宋。但是蕭峰的良知告訴他不應妄啟兵釁，荼炭生靈，他迫不得已反遼帝。他又不能原諒自己「叛國」之罪，他只能死。

韋小寶是漢人是否便需反清呢？他做皇帝好得過康熙嗎？

韋小寶顧全義氣，皇帝他不肯反，天地會的兄弟也不肯打，這是下定了決心。但是身為漢人如此做法，縱然自覺心安理得，也難逃旁人的裁決。那怎麼辦呢？

還好！他的母親是個妓女，父親是誰？對不起，不知道！

漢滿蒙回藏都有可能，但決不是外國兒子。既不知父親是滿是漢，助皇帝打天地會自然不該，反皇帝也有不妥，韋小寶由是逃過公眾的裁決。

而事實上作者也跟韋小寶一起逃過這個裁決。假若寫韋小寶是漢人，莫說他要被「鞭屍」，作者也要承受一項漢奸帽子。要知《鹿鼎記》的創作時代正好遇上民族自戀的情緒高漲到瘋狂的地步，將韋小寶寫成是個漢人，恐怕連作者本人也要惹禍。

柏楊先生稱康熙帝為中國三大英明君主之一，韋小寶不去反他自然是十分正確。

作者的態度，可從《鹿鼎記》最後一集的封面彩圖得知，在說明這元濟的「海宴河清圖」有云：

……本圖作於己巳年，即康熙二十八年，該年簽署尼布楚條約，康熙南巡至揚州、杭州亦在該年。石濤繪製此圖以獻，題詞中有「堯仁總向衢歌見，禹會遙從玉帛呈」句，頌揚康熙為堯禹，即韋小寶所謂之「鳥生魚湯」。自來評者稱石濤為明宗室，畫中每有黍離故國之思，然其時天下太平，生民安樂。石濤深為感動，因此也要「臣僧元濟九頓首」了。……

連明宗室的人也要向小玄子九頓首，何況其他人呢？

請讀者三思。

補記：

當年抄了柏楊先生對「小玄子」的評價，後來多讀史書，很不認同柏楊先生的史觀。這事也無需「悔其少作」，三十多年後的今天，說明自己想法已有改變即可。

所謂「康乾盛世」或「康雍乾盛世」，三代帝主統治一百三十多年，計「小玄子」年號六十一年，「小小玄子」雍正帝年號十三年，「小小小玄子」乾隆帝六十年，再加嘉慶帝四年傀儡皇帝的生涯，共是一百三十八個年頭，已經接近一個半世紀了。如果與明末比較，似乎只有乾隆中葉全盛時期可以與明神宗萬曆初年比美，其餘時間其實追不上前朝。只因乾隆以後，有「嘉（慶）道（光）中衰」，再有「同（治）光（緒）中興」，幾代子孫歌功頌德，無可避免誇大了「康乾盛世」，明萬曆帝則沒有那麼好的子孫，兒子光宗和孫子熹宗都短命而無大作為，接下來是另一個孫子崇禎帝就亡國了。缺少了後代子孫吹捧，我們金庸迷難免信了「小查詩人」的結論，認為清政優於明政。如果算上萬曆帝的老爸穆宗隆慶帝（一五六七至一五七二在位）、爺爺世宗嘉靖帝（一五二一至一五六七在位）的日子，明中葉的太平日子還不算特別的短。再上溯是伯祖武宗正德帝（一五〇五至一五二一在位）和太伯祖孝宗弘治帝（一四八七至一五〇五在位），盛世就算更長了。

國森記

二〇一九

卷二：談情說愛

情愛之為物實乃天下間一大怪事，男女之間的情愛更是怪中之怪。《神鵰俠侶》中以情花為喻，花瓣香甜可口，但細嚼之下，又覺苦澀；果實有酸、有苦、有臭、有甜，外表看不出來，必得親嘗才知，確是上佳的比喻。

說來慚愧，活了一大把年紀，虛度了許多寒暑，也未嘗有戀愛過，原來不該來紙上談兵。可是范仲淹未有到過岳陽樓也可以寫得出《岳陽樓記》，似乎世間並無不可寫的話題，濫竽充數，亦無傷大雅。高談闊論，亦不過借題發揮而已。

第四章　誰最可愛

擂鼓山上的珍瓏

這個珍瓏變幻百端，因人而施，愛財者因貪失誤，易怒者由憤壞事。段譽之敗，在於愛心太重，不肯棄子；慕容復之失，由於執著權勢，勇於棄子，卻說甚麼也不肯失勢。段延慶生平第一恨事，乃是殘廢之後，不得不拋開本門正宗武功，改習旁門左道的邪術，一到全神貫注之時，外魔入侵，竟爾心神蕩漾，難以自制。

《天龍八部》第四十一回〈輸贏成敗　又爭由人算〉

事實上金庸小說正好是「因人而施」，而任何偉大的小說亦都如此。讀者對小說中人物情節的愛憎必然與他們在現實世界中的際遇、哀樂有極其密切的關係。為何某人對小說中某個人物特別喜愛，特別有代入感？又為何另一人卻十分憎恨同一人物呢？

全因為梁啟超所謂的「提」，「自內而脫之使出」的「提」。

所以談論誰最可愛必不能達致相同的意見，可是從某一讀者鍾愛的人物去探求其人的心態應是十分有趣的事情。

補記：

這一章原本要討論「誰在可愛」，當然是從「男生」的角度去看「女生」。先提出《天龍八部》的珍瓏，驟眼看來該是「牛頭不對馬嘴」。

不過，看官如能想深一層，當會記得《天龍八部》有參加這會棋藝觀摩的武林高手都是江湖上有頭有面的人物，他們就為了個人的品藻、經歷、習氣……等等特質，不期然在面對棋局是影響了下棋的思路。例如段譽愛心太重、慕容復唯權是視……於是各有所失。段延慶、慕容復還差一點自戕。倒是函谷八友的老二范百齡的遭遇有趣，他師父蘇星河評他「棋力不弱」、「天資有限」，結果三度狂噴鮮血，才被迫退出。好像男女交往雖難，終究也難不過這個珍瓏。但是看看金庸和他最親近一些朋友的喜好，作為從側面去看人性的助談之資，倒也有趣。

國森記

二〇一九

雙兒何可愛？

我第一次看《我看金庸小說》一書時還未曾看過《鹿鼎記》，因此讀到「誰做妻子最好」一段時，感到十分有趣，當時心想看《鹿鼎記》時倒要留心一下雙兒姑娘怎生好法。

但是到首次讀《鹿鼎記》時卻早將此事忘記，而對雙兒的印象也並不深刻。後來再看《我看金庸小說》才重新想起，不禁自問這雙兒姑娘有甚麼好？

《我看金庸小說》有如下論調：「雙兒是以丫頭的身分跟了韋小寶的，在和韋小寶共同經過了不知多少艱險之後才『大功告成』。雙兒可以說完全沒有自己，只是為韋小寶而活著的。像雙兒這樣的妻子，已不復再見於人間。」又謂：「雙兒是世上一切男人心目中的最佳妻子。做雙兒的丈夫，如果有一晚，忽然對月興歎：月亮方得真可愛！她也不會和你辯月亮是圓的，就會說：看來真有點起角。」

說穿了原來是想有個應聲蟲的妻子，兼且如奴僕一般服侍丈夫，日常飲食起居諸般瑣事件件打點妥當，有危難時挺身而出捨命維護，而雙兒最「難得」的還是見到韋小寶和別的女子勾搭也從不過問，這種妻子當然不可能出現在現實世界。

書中言道一班朋友研究下來都贊成雙兒做妻子最好，連金庸也大為首肯云云，簡直當成定論、當成真理了。薛興國的《通宵達旦讀金庸》有謂：

這個女子，在看過金庸所有作品的人的眼裡，都一致認為是最適宜娶回家做太太的。這個女子，具備了中國女子所有的美德，卻沒有一絲缺點。她是個十全十美的女人。她，雙兒是也。雙兒，既溫柔又體貼，一切唯韋小寶是命聽從，在韋小寶有難時，奮不顧身上前搭救，對韋小寶關懷備至，照顧得無微不至，嬌羞時溫柔之至……假如有人發現這個世界上還有像雙兒那麼可愛的女人，假如這個人不小心大聲一叫：「我找到了！」那可慘了，全世界看過《鹿鼎記》的人非擠個頭破血流，拚個你死我活來爭奪她不可。

這種心態顯然是中年人所有，少年讀者決不會全部認為雙兒做妻子最好，或許雙兒出現於世上曾令兩位作者爭得反目成仇，年紀比較輕的讀者不見得都會如此瘋狂。有一次偶然聽到一位朋友暢談心目中理想妻子的形象，就全然不見有雙兒的影子。三十歲出頭的楊興安先生在《金庸筆下世界》就說：「雙兒的性格太單調、太假。」

少年人對戀愛和婚姻總會有許多憧憬，在一切夢境未盡幻滅、所受感情挫折未足以令人心灰意懶之前，少年男子大多會認為最可愛的女子做妻子最好。只有一次又一次遭受失戀之苦，男人才會重新檢討估量自己的各樣條件，進而放寬擇偶條件，於是心中最可愛女子的形象方才與理想妻子的形象逐漸偏移，到得最後甚或但求有個女子主持中饋，生兒育女已經心滿意足，至於甚麼紅袖添香、甚麼志趣相投、甚麼共赴人生旅途是想也不敢再想了。因此一般少年讀者是不會如此有厚愛於雙兒的。

中年人就大大的不同了，一世人未受過任何感情波折的人畢竟不多，昔日心中最愛的女子今日可能已嫁作他人之婦，再瞧瞧自己如此一副德性，又怎敢再妄想去高攀人家賢慧大方、能幹貌美的好女呢？少年人每多自以為是，好高騖遠，隨著年齡日增，多經憂患，這類不涉實際的想法自必大為收斂。

即使幸運地娶了一位自覺頗為理想的妻子，但歲月總是無情，於是乎昔年的窈窕淑女，可能已表露出河東柳氏的本色。此時自必然希望有個唯命是從的奴婢式妻子了；舊日可愛的貌美的妻子，又已福相漸露，不復少女朱顏，膽子大的男子開始想去花天酒地了，此時最好有個甚麼也不管的妻子了；人到中年，事業若要有成，已經頗有眉目了，少年時的理想若不是大致達成便多已一敗塗地，於是人是清閒得多了，再兼精力體力又大不如前，此時最好有個事事照顧得無微不至的妻子了。

這就是因人而施，今天不以為雙兒做妻子最好的讀者，難保十年後或者二十年後不會改變想法。

補記：

當年感到有點奇怪，為甚麼金庸、倪匡一眾前輩文人，會這樣喜歡雙兒。後來讀書長進了些，多點了解中國的大家庭制度，讀了《紅樓夢》，再讀了點「紅學」著作，似乎想通了！

雙兒的身份是個小婢，主人是莊家三少奶，就是明史案被抄家的莊允誠、莊廷鑨父子的家人。古人奴婢兩字連用，小婢其實也是奴，舊社會買賣人口本屬常事。明史案發，兒子莊廷鑨因早死被開棺戮屍，老爸莊允誠則死在獄中，廷鑨弟廷鉞凌遲處死，不知他是老二還是老三了。如果廷鉞是老三，就是三少奶的先夫了。莊家三少奶為了報恩，將雙兒贈給韋小寶，既是僕人，也是保鏢。

少主與婢女可以是甚麼關係？

如果橫向比較，可以看看《紅樓夢》的賈寶玉與首席婢女丫頭襲人，說句傖俗一點，寶二爺是「吃」定了襲人的！那麼韋相公也是「吃」定了好雙兒的。雙兒因為出身問題，一開始就甘於做個小妾，我們可以從韋相公給小婢介紹夫人方怡時的互動得知。這事實在無可奈何，用現代社會科學的術語，「好雙兒」的「政經地位」不高，也只好面對現實。

我們再看看賈寶玉的老爸賈政，他也是「吃」了婢女出身的趙姨娘，趙姨娘為賈政生了賈探春和賈環。回頭去看襲人，因為她沒有給寶二爺誕下一男半女，所以連妾侍也當不上，到了一定年紀，就給主人家安排出嫁。如果婢女得罪了家中的主母、少奶奶，就會給嫁到條件不佳的人家。

古人有所謂「未娶妻、先納妾」，就是少爺「吃」了小婢，小婢懷孕，升格為妾，妾生的都是庶子，地位比嫡子低了一大截。正室主母的名位，還是要等候不知那一家名門望族的小姐來承當。

小玄子的嫡子是皇二子允礽，長子允禔則是庶子，比允礽年長兩歲。

「小查詩人」原本設定阿珂是韋公爺的嫡妻正室，在新三版改為以建寧公主為嫡妻，讓韋公爺成為「固倫額駙」，那是後話了。

於是，潘小子得出一個結論，金庸、倪匡他們這一夥「老人家」異口同聲都說雙兒好，極可能是為了她絕不會因為相公韋老爺在外面多拈花惹草而吃醋！

所謂未觀其人，先觀其友。與「小查詩人」走得最近的文士都是如此這般的為人，諒必較多思想封建、生活腐敗、用情不專。他們於感情上的理想，恐怕就是娶一房如雙兒那樣不過問自己勾三搭四的妻子。這在他們的父祖輩很平常，他們是二十世紀上半葉才出生的中國小孩，難免有生不逢時之嘆。時勢如此，即使強如金庸，一生人有三房妻子了，亦只能分期執行，未可以稍享「齊人之福」也。

如此猜想，雖不中，亦不遠矣！

國森記

二〇一九

蓉兒何可憎？

《四看金庸小說》評黃蓉為「簡直不堪」。

又謂《神鵰俠侶》中的黃蓉有二不堪，第一是她對楊過的態度；第二是她完全控制了郭靖。

關於對楊過的態度，書中列舉許多罪狀，茲撮要如下：

罪狀一：在《射鵰》結束之前阻止郭靖帶同楊過母子一起。

罪狀二：接下來的十二三年，阻撓郭靖尋訪楊過。

罪狀三：無故反對以女兒許配楊過。

罪狀四：隱瞞楊康死因。

罪狀五：一見楊過便摔他一跤，又按住他肩頭，把他嚇昏。

罪狀六：不教楊過武功。

罪狀七：楊過打傷武修文之後投海，黃蓉遲遲不出手相救，蓄意讓楊過溺斃。

罪狀八：迫走楊過。

罪狀九：在大勝關英雄會之前，與全真派理論時，落井下石，說楊過本性不好。

罪狀十：用假話欺騙楊過。

罪狀十一：英雄會後，郭靖因楊過要娶師父為妻，想打死楊過，黃蓉卻不勸解。

罪狀十二：不負責任地臆測楊過與小龍女多相處幾年必定氣悶，令致小龍女出走。

罪狀十三：懷疑楊過要借郭襄來復仇，以小人之心，度君子之腹。

以上撮要大致忠於原著，表面上的分析條理分明，事實上卻有不少漏洞，讀者如果對《射鵰》、《神鵰》記憶不清，印象模糊，對此分析很難抗拒。於是黃蓉便成了大罪人。

首先必須瞭解楊過的母親原本是秦南琴，郭靖即使要找她母子亦很不容易，第一、二兩罪恐怕難以入罪，前文已有分析。

原本要研究黃蓉是否有罪最好用舊版的《射鵰》、《神鵰》來做證據，但是我嘗試找過而未果，問題既牽涉一位「嬌滴滴的大美人兒」的令名，「平反」是刻不容緩，故而暫以修訂本為准，待日後找到了舊版再作修正。

事實上書中提出的罪狀最重要的是第四項：「隱瞞楊康的死因」。在其分析之中，這是黃蓉待楊過諸般不是的背後動機，因為黃蓉隱瞞郭靖，憎厭楊過正是不想讓郭靖知道真相。

如果認為黃蓉出賣了楊康，郭靖是不會贊成她的做法。郭靖是否知情呢？

郭靖是知情的。鐵槍廟一會，楊康中毒而死，柯鎮惡再遇郭靖，告訴了郭靖一切經過：

……他連打了十幾下，這才住手，兩人面頰都已紅腫。柯鎮惡破口將郭靖與自己痛罵半天，才將古廟中的經歷一一說了出來。

《射鵰英雄傳》第三十六回〈大軍西征〉

「一一說了出來」就是毫無隱瞞。

以柯鎮惡的為人，說一是一、說二是二，他決不會無故說謊，甚至他可能根本不肯說謊。鐵槍廟一會，三十多年之後，柯鎮惡約了沙通天等四人重會，恰巧楊過同在，柯鎮惡又再把當夜之事重述一次：

柯鎮惡自來嫉惡如仇，生性耿直異常，哪理會楊過是否見怪，當下將楊康和郭靖的事蹟原原本本的說了，又說到楊康和歐陽鋒如何害死江南七怪中的五怪，如何在這鐵槍廟中掌擊黃蓉，終於自取其死，最後說道：「當晚經過，這幾個都是親眼目睹。沙通天、彭連虎，你兩個且說話，柯老頭這番話中可有一句虛言？」

《神鵰俠侶》第三十七回〈三世恩怨〉

從上面一段可知柯鎮惡是毫不隱瞞地將當晚情形告知楊過，既然沒有隱瞞楊過，自也不必隱瞞郭靖。

問題的癥結在於柯鎮惡對於黃蓉「借刀殺人」的態度，如果他認為如此所為是不對而又要維護黃蓉，才有隱瞞郭靖的動機。當然啦，還得要有證據證明郭靖不贊同如此「借刀殺人」才有話可說。遍觀鐵槍廟一夜的描寫，看不出柯鎮惡會有任何理由要隱瞞黃蓉揭發楊康殺死歐陽克的事實，事實上柯鎮惡十分佩服黃蓉的機智。作者既說柯鎮惡「一一說了出來」，似已無可再懷疑之處。

黃蓉的確向一人隱瞞，那人是穆念慈而不是郭靖：

……黃蓉說起楊康已在嘉興鐵槍廟中逝世，眼見穆念慈淚如雨下，大有舊情難忘之意，便不敢詳述真情，只說楊康是中了歐陽鋒之毒，心道：「我這也不是說謊，他難道不是中了老毒物的蛇毒而死嗎？

《射鵰英雄傳》第四十回〈華山論劍〉

可知黃蓉原本連穆念慈也不想欺騙，只是見她「舊情難忘」，才「不敢」直言，在黃蓉心中大概不會認為「借刀殺人」是件不光明的事。

無疑這一段肯定是後來補寫，但是有一點是可以確定，即在作者心中從未有「黃蓉對郭靖隱瞞楊康死因」的念頭。雖說作者的想法未必一定對，但是讀者必需提出確實的證據才可跟作者抬杠。

這第四條罪並不成立。

至於第三條罪「無故反對以女兒許配楊過」也是十分偏頗之議。黃蓉說得很明白：

「我可沒應允。我是說，要瞧那孩子將來有沒有出息。」

《神鵰俠侶》第三回〈求師終南〉

事實上黃蓉沒有說謊，後來在英雄會上楊過立了大功，黃蓉也很同意以女兒許配楊過，此事下文再談。另一方面黃蓉並不喜歡這一類父母之命的盲婚啞嫁，至於「怕楊過聰明過分」也不是沒有原因的，在嘉興一會楊過也頗有令黃蓉不滿的行為，從日後黃蓉的所為可以得知她不肯輕率以女兒許配楊過是未知楊過的為人，要知她對楊過的不滿，需得從回歸桃花島的舟中時光倒流到嘉興之會。

第五條罪是指黃蓉摔了楊過一跤，又按他的肩頭，把他嚇昏。

為甚麼要摔他呢？

原來郭靖抓住楊過的手，問他姓甚麼，結果楊過打了郭靖一拳又自稱「倪牢子」（即你老子），於是：

黃蓉見了他臉上的狡猾憊懶神情，總覺他跟那人甚為相似，忍不住要再試他一試……

《神鵰俠侶》第二回〈故人之子〉

怎生試法？原來穆念慈從洪七公處學了三天武功，給人按住後頸，一運勁相抗，若敵人勁力一收，便會仰天摔了一跤，這正是北丐的獨門功夫。郭黃二人懷疑他是楊康之子，最好如此相試，這才摔了楊過一跤。楊過正想罵人，黃蓉按住他肩頭，道出他姓名和母親姓穆，楊過吃了一驚，血氣上湧，冰魄銀針的毒回冲，登時暈了。

《四看金庸小說》評道：

她一見楊過，態度已經令人吃驚之至，不但先把楊過摔了一跤，而且還搶上前去，雙手按住了楊過的肩頭，說出了楊過的來歷。楊過是個極倔強的少年，若不是那時黃蓉神情駭人之極，他怎會昏了過去，驚駭無比？

摔他一跤是為了驗明正身；按住他是因為他「跳起身來，退後幾步」；驚駭無比是黃蓉突然說出他的身世；昏了是因為毒氣回冲。

在楊過的心目中這郭伯母是個「嬌滴滴的大美人兒」，大美人兒又怎會駭人呢？大美人兒盛怒時也是一般的美。

第五條罪不成立。

第六條罪是不教楊過武功。罪名成立。不過是有原因的。

在客棧之中郭靖與歐陽鋒兩敗俱傷，楊過出言諷刺說看見一隻大蟋蟀跟兩隻小蟋蟀及一隻老蟋蟀打架：

黃蓉聽他言語中明明是幫著歐陽鋒，在諷刺自己夫婦與柯鎮惡，便道：「你跟阿姨說，到底是誰打贏了？」楊過笑笑，輕描淡寫的道：「我正瞧得有趣，你們都來了，蟋蟀兒全逃啦。」黃蓉心想：「當真有其父必有其子。」不禁微覺有氣。

《神鵰俠侶》第二回〈故人之子〉

事實上到了此時黃蓉才對楊過有些不滿，甚至與其父相提並論。如此一概而論當然不公平，但也無可厚非，於是乎在船上郭靖提出以女兒許配楊過，黃蓉便不贊成，說怕楊過聰明過了分，郭靖當然不明白聰明有何不好，而黃蓉自也不會搬弄是非。

在桃花島上發生第一件要事是四個小孩因蟋蟀而打架，雖然曲在郭芙和武氏兄弟，可是郭芙搬弄是非，黃蓉所知只是「楊過無理打郭芙」，「武家兄弟相幫」，「楊過推石要壓死二人」，黃蓉所見又是「武氏兄弟滿頭滿臉都是瘀損鮮血」，「女兒半邊臉頰紅腫」，卻不知楊過被打，黃蓉會怎樣想呢？後來郭靖找回楊過，「大家對過去之事絕口不提」，恐怕連郭靖也以為楊過不是。郭靖當然會原諒楊過，但黃蓉沒有如此大量，自然認為他性格暴戾。

到了郭靖要教四人武功，黃蓉「見楊過低頭出神，臉上有一股說不出的怪異之色，依稀是楊康當年的模樣」，這才騙郭靖說自己教他，卻不教武功。偏見是個原因，誤會也是原因。

在授課之中，黃蓉常想：

「此人聰明才智似不在我下，如果他為人和他爹爹一般，再學了武功，將來為禍不小，不如讓他學文，習了聖賢之說，於己於人都有好處。」

《神鵰俠侶》第三回〈求師終南〉

黃蓉不教楊過武功自然是不該，但那是偏見加上誤會而已。

第七條罪是楊過打傷武修文之後投海，黃蓉遲遲不相救，蓄意讓他溺斃。

關於這條罪狀，似需先瞭解楊過用甚麼功夫打傷武修文。是蛤蟆功，歐陽鋒的蛤蟆功。歐陽鋒是郭靖的大仇人，黃蓉對他不能不忌憚，於是立刻問楊過他在哪裡，問楊過何時學蛤蟆功。柯鎮惡對歐陽鋒恨之入骨，立刻追問楊過，楊過自是不肯說，二人對罵起來。郭靖打了楊過一記耳光，於是他便去投海。

黃蓉為何不立刻救人呢？

是她沒有惻隱之心嗎？

不是！

她要迫歐陽鋒現身。楊過使出了蛤蟆功，自然與歐陽鋒有極大淵源，黃蓉既懷疑歐陽鋒就在附近，遲些救他，歐陽鋒非現身不可。她遲遲不出手相救正因為她明知不會如此便死，放他在石上由他自己醒轉也因為明知他死不了。

《四看金庸小說》完全沒有提及歐陽鋒在此事的關係，自必然得出黃蓉要致楊過於死地的結論。因此罪並不成立。

第八條罪是迫走楊過。

忽略了歐陽鋒的關係自必然有所偏差，楊過與歐陽鋒的關係只有郭靖才會原諒，黃蓉與柯鎮惡卻不能原諒他。

黃蓉未有立刻趕走楊過，柯鎮惡不肯與西毒傳人一起，也不屑用刑迫供，於是表示要走。黃蓉原本對楊過有些偏見，再加上楊過竟是西毒的傳人，自必然要對柯鎮惡說「不必讓這小子」。

總結楊過在桃花島上的遭遇，無疑黃蓉對他是有偏見，但也有些誤會，而楊過倔強的性格令他不為自己辯護，誤會自然加深。與歐陽鋒的關連也起了重大影響，假如各位接受郭靖知道楊康如何身死的說法，則黃蓉實沒有動機蓄意薄待楊過。

接下來第九條罪是指黃蓉落井下石，說楊過本性不好。判詞是「這句不負責任、沒有根據、全憑臆測、主觀設想的話，甚至連是非黑白都不分了」。

楊過在嘉興以蟋蟀諷刺郭靖等三人，黃蓉便想「有其父必有其子」，後來推石傷人（當然這不能算是楊過的錯，但她不知道，又與歐陽鋒相識，又不認趙志敬為師，雖然曲在趙志敬，但她也未知），又氣得她的靖哥哥怒到了極點，說他本性不好也不過分。

根據倒也不是完全沒有，只是主觀了些，卻不能說她立心不良。

第十條罪是用假話騙楊過，所指的是英雄大會之前，郭芙、楊過和武氏兄弟偷窺黃蓉傳打狗棒法與魯有腳，後來黃蓉與楊過一番對話，金庸寫道：

「二人在大樹下這一席話，都是真情流露，將從前相互不滿之情，豁然消解。」

《神鵰俠侶》第十二回〈英雄大宴〉

作者如此說，但別人卻不肯信，那也無話可說。《四看金庸小說》一書甚至認為金庸以曲筆譴責黃蓉，不過我看不出作者何以要如此隱晦的筆法來描寫，他沒有理由，也沒有必要如此愚弄讀者、坑害讀者。

無可否認黃蓉忽然改變對楊過的態度確是有點突兀，但是作者沒有必要騙人，如果找個解釋可以說是黃蓉受了郭靖對楊過的真情感動，也可以說作者這一段寫得不好。要知金庸小說的水準雖然極高，也不一定全是「勝筆」，沒有「敗筆」。

這樣說的證據是楊過要告訴黃蓉洪七公死訊時，黃蓉不肯聽，由是推論她作偽。但是作者寫得明白：

……黃蓉只感丹田中氣息越來越不暢順，皺著眉道：「明兒再說，我……我不舒服。」

還能有疑問嗎？

罪名又不成立。

第十一條罪指郭靖要打死楊過之時，黃蓉沒有勸解。

在英雄會上楊過大顯威風，郭靖固然十分歡喜，黃蓉也喜出望外：

郭靖向黃蓉笑道：「你起初擔心過兒人品不正，又怕他武功不濟，難及芙兒，現下總沒話說了吧？他為中原英雄立了這等大功，別說並無甚麼過失，就真有何莽撞，做錯了事，那也是過不及功了。」黃蓉點點頭，笑道：「這一回是我走了眼，過兒人品武功都好，我也是歡喜得緊呢。」

《神鵰俠侶》第十四回〈禮教大防〉

由此可知當年黃蓉不肯輕率以女許配楊過實在是擔心楊過人品不好，恐怕他與楊康一般。此時見楊過立了大功，自也不再反對。

郭靖當下向楊過提親，楊過立時不允，小龍女說出石破天驚的話來：

「我自己要做過兒的妻子，他不會娶你女兒的。」

郭靖自然十分震怒，唯恐他做「錯」事，於是厲聲責備，黃蓉也來相勸：

黃蓉緩步上前，柔聲道：「過兒，郭伯伯全是為你好。你可要明白。」楊過聽到她溫柔的言語，心中一動，也放低了聲音：「郭伯伯一直待我很好，我知道的。」眼圈一紅。險些要流下淚來。黃蓉道：「他好言好語的勸你，你千萬別會錯了意。」楊過道：「我就是不懂，到底我又犯了甚麼錯？」黃蓉臉一沉，說道：「你是當真不明白，還是跟我們鬧鬼？」楊過心中不忿，心道：「你們好好待我，我也好好回報，卻又要我怎地？」咬緊了嘴唇卻不答話。黃蓉道：「好，你既要我真言，我也不跟你繞彎兒。龍姑娘既是你師父，那便是你尊長，便不能有男女私情。」

自「柔聲」而變「臉一沉」，可見黃蓉對楊過的行為又不滿起來，她不能相信楊過不知禮教大防，可是楊過偏偏不知，也不信奉。楊過不肯認錯，郭靖此時想打死楊過，黃蓉不去勸解倒是順理成章，因為她也認為楊過不對。這裡沒有陰謀，只是觀點與角度的不同而已。

罪名不成立。

第十二條罪是不負責任地臆測楊過與小龍女相處必會氣悶。

黃蓉在客店中與小龍女的一席話可知黃蓉竭力阻止楊龍二人也不是為了憎恨楊過。小龍女問她何以不許她二人相好，當其時：

黃蓉一怔，想起自己年幼之時，父親不肯許婚郭靖，江南七怪又罵自己「小妖女」，真經過重重波折，才得與郭靖結成鴛侶，眼前楊過與小龍女真心相愛，何以自己卻來出力阻擋？但他二人師徒名分既定，若有男女之私，大逆倫常，有何臉面以對天下英雄？……

小龍女卻說不怕別人瞧不起：

黃蓉又是一怔，只覺她這句話與自己父親倒是氣味相投，當真有我行我素、普天下人皆不在眼底之慨，想到此處，不禁點了點頭，心想似她這般超群拔類的人物，原不能拘以世俗之見，但轉念又想起丈夫對楊過愛護之深，關顧之切，不論他是否會做自己的女婿，總盼他品德完美……

於是說楊過在古墓中多住幾年必會氣悶，小龍女聽了很不高興：

黃蓉見她美麗的臉龐上突然掠過一層陰影，自己適才的說話實是傷了一個天真無邪的少女之心，登時頗為後悔，但轉念又想，自己見得事多，自不同兩個少年男女的一廂情願，這番忠言縱然逆耳，卻是深具苦心……

小龍女去問楊過，楊過也有些猶豫：

……此刻想來，得與小龍女終身廝守，當真是快活勝過神仙，但在冷冰冰、黑沉沉的古墓之中，縱然住了十年、二十年仍不厭倦，住到三十年呢？四十年呢？順口說一句「決不氣悶」，原自容易，但他對小龍女一片至誠，從來沒有半點虛假，沉吟片刻，道：「姑姑，要是咱們氣悶了，厭煩了，那便一同出來便是。」

能說黃蓉胡說八道嗎？

事實上黃蓉也經歷一番內心交戰，她不同郭靖，她肯平心靜氣聽人解釋。她先是一怔，又再一怔，一番轉念、又再轉念，她的「原我」（Id）和「自我」（Ego）告訴她不該阻撓二人之事，但她的「超自我」（Superego）卻認為不妥，結果道德規範和禮教大防戰勝了感性。黃蓉勸走小龍女完全出於好心，起碼她自己是這般想法。

她不是瞎猜。事實上證明她瞭解楊過。罪名又不成立。

最後一條罪名是以小人之心度人，懷疑楊過是在借郭襄來復仇。

黃蓉確是多疑，可是聰明人大都多疑，聰明人大都不輕易相信任何怪事都僅是偶然的。她不能相信楊過已經三十幾歲人行事還如此孟浪，把為國家的大功當禮物來送給郭襄而沒有機心包藏。楊過圖個高興卻誤了郭襄一生，結果郭襄後來浪跡天涯去尋訪她的大哥哥，又終身不嫁。黃蓉勞心於襄陽軍務，許多事情都不及細想，但是程英、陸無雙、公孫綠萼等人的覆轍在她心中是留下深刻印象，她的下意識知道楊過待這些姑娘越好，她們就越苦。此時楊過如此厚待郭襄，能不擔心嗎？而後來郭襄也確是為了楊過而終生鬱鬱，能說黃蓉的顧慮沒有根據嗎？只不過她猜錯了楊過的動機，楊過竟然是沒有動機！

有關黃蓉對待楊過的態度，楊過本人的評價最為恰當：

「郭伯母沒待我好，可也沒虧待我……」

諸位看過「辯方陳詞」，相信心中自有高明的裁決。

補記：

這段加了不甚相干的「原我」、「自我」和「超自我」，無非是為了剛讀了點西洋心理學皮毛，與我的主要論據沒有太大的關係。倒是為黃幫主辯解的陳詞，是地氈式檢查倪匡先生的指控，逐點反駁，屬於「研究調查」入面「普查法」的手段，應該算是無懈可擊吧！

事涉《射鵰》、《神鵰》，搜證要推前到楊過還未誕生出來之前。這也見證了筆者早年「金庸學研究」的跨部追縱，讀者如果讀來感到吃力，這可不是潘某人的錯呀！

國森記

二〇一九

蓉兒做妻子如何？

黃蓉做妻子其實有很多好處，中饋嫺熟固是大增人生樂趣，最難得的還是她為了郭靖的事業和理想作出重大犧牲。

表面上郭靖對黃蓉千依百順，或曰黃蓉可以完全控制丈夫，不過正如金庸在《倚天屠龍記》的後記所言：「郭靖在大關節上把持得很定，小事要黃蓉來推動一下。」

助守襄陽數十年，後來又以身殉城一定是郭靖的主意，黃蓉只愛她的丈夫和兒女，甚麼國家民族她是不放在心上的，但是為了郭靖的理想，她盡心盡力協助，的確是「能頂半邊天」。

黃蓉本人的興趣很明顯不會是行軍遣將、守城掠陣，她比較會喜歡詩文術數一類的東西，她更適合去跟父親黃藥師學那陰陽五行之術、琴棋書畫等等，但為了郭靖的理想，她寧可放棄這些，而要去周旋於襄陽城的將官之間。

她付出的精神心血決不會比郭靖少，但是聲名功勳大都歸於郭靖，這一點在《神鵰俠侶》全書之中有清清楚楚的描述，幾十年來的心血所為何來？不全是為郭靖麼？

得妻如此，尚復何憾？

「每一位成功的男人，背後必有一位偉大的女人」。黃蓉是個不折不扣的賢內助。認為黃蓉做妻子不好的最強烈理由，莫過於說黃蓉太過聰明，教人受不了。

這種心態是最窩囊的小男人心態。小男人心態跟大男人心態乍看完全沒有分別，但是二者其實相差甚遠。大男人和小男人都不能接受世上有不少女子比自己高明能幹的一項殘酷現實，他們的分別是處理方法不同。

大男人每多自信，因此他們會努力戰勝那些他們不相信是比自己高明的女子，於是乎這類人有時會顯得十分橫蠻，但行事卻也明刀明槍，不施詭計。

小男人就非常不濟，他們既不服輸，也沒有自信可以表現得好過那些女子，若不施放暗箭便是逃避現實，自欺欺人。眼見女同事表現好而升職，便去惡意中傷的，正好是這一類窩囊的小男人。

大男人每多自大，小男人每多自卑，自大與自卑原本只相差一線，因此大男人與小男人也每易混淆。

慕容復是小男人的典型，他不能接受王語嫣對武學的知識比自己高明的殘酷事實，但他又沒有信心可以在這一方面勝過王語嫣，只能在內心深處妒忌她。

在太湖畔碾坊中慕容復假扮西夏武士，王語嫣說自己於武學所知遠勝於他，自此慕容復的心中便如有了一條刺，對他的表妹很是不滿。後來為了要娶西夏公主而與王語嫣決絕，則妒忌她武學知識勝己也未嘗不是原因之一，畢竟以南慕容的名頭竟然不及得一位不懂武功的小姑娘，實在面上有些不好過。

因為小男人心態作祟，慕容復雖然明知王語嫣是武學的活字典卻也不肯求教於她，其實他若肯不恥下問，於武學一道，自必有所裨益。一個男人若要自己各方面都比妻子或愛人優勝似乎是不切實際的想法。

在我們這個父系社會裡，做丈夫的若果事事都比妻子差勁，也確是十分難受的。假若妻子有十樣本事比自己高明，總也得要有另外三四項勝得過她，日子才覺得易過。

在現實世界裡，女子生得太過能幹也未必是件好事，名祿權位縱然開展得大，福澤卻易有損。

為人妻者許多時都得要裝裝蒜，讓那不太本事的夫君出出風頭，用以保持感情。生而為女子固然為難，為漂亮女子更難，為能幹女子又更難。古云：「女子無才便是德」，似乎把「德」字改為「福」字更好。

《俠客行》裡面的梅芳姑相貌武功無一不是上上之選，中饋女紅也盡都嫻熟，到頭來卻得不到石清的愛。石清的解釋是自慚形穢，看來梅芳姑實不懂括囊之道，太過炫耀自己的才華，所以說在父系社會之中，女子太過能幹似乎也需「收斂」一下，梅芳姑正好是前車覆轍。

《神鵰俠侶》的裘千尺也是如此，她比丈夫公孫止能幹得多，武功又遠勝於他，卻不懂得間中讓他一二，卻處處制肘，可是男人始終是愛出風頭的，也愛做一家之主，為了補償心理上的「傷害」，公孫止自然要找一個不會武功，甚麼也及不上自己的情婦啦！

黃蓉雖然非常聰明，還好郭靖武功高強，也不算太過不濟。兼且黃蓉待他是死心塌地，明知夫君為人魯鈍，卻未嘗以此相侮，令他難堪。又盡力助郭靖完成他為國為民的理想，把功勞都歸於郭靖，有這樣的一個賢內助，也不算太壞了吧。

當然人是沒有十全十美的，黃蓉做妻子的最大缺點是不善管教兒女，因此似乎只適合不願生兒育女之人。

補記：

有男性讀者受不了黃蓉的聰明、王語嫣的博聞，說穿了是「大男人」與「小男人」這兩極思想交織的結果。潘國森「吾道一以貫之」，讀者可與〈淺論段正淳與王語嫣父女〉並讀，此文收錄在《金庸雅集——愛情篇　影視篇》（心一堂，二〇一九）。

國森記
二〇一九

「生女當如李阿珂」

曹操曾有言道：「生子當如孫仲謀。」不過我們的關爺爺卻大大的不以為然，臭罵他是「碧眼小子，紫髯鼠輩」，孫權為子求親，關二哥還說道「虎女焉能配犬子」。

不過能夠裂土為王已經很了不起，為人父母者又哪有不望子成龍之理，可惜成功人士總是不多。在我們這個紙醉金迷、酒色財氣的大都會，到處都是誘惑，到處都是陷阱，為人父母除了望子成龍、望女成風之外，還得要小心別讓子女行差踏錯。生個兒子嘛，要擔心他學壞了，去為非作歹；生個女兒嘛，又要怕她受人誘騙，誤入歧途，總之就是憂心戚戚。

生子如甚麼人最好，我並不知道。但生女如阿珂，則可高枕無憂矣！

阿珂有甚麼好？她是個潔身自愛的貞烈女子！

此語一出，恐怕要惹來一番責罵，畢竟世人對阿珂姑娘是有些偏見。

吳六奇說她是「不孝不貞的女子」，還要扭斷她的脖子，那是受人一面之詞所誤導。

阿珂最受人非議的應該是她與鄭克塽這不成器的小子相往還，但若平心靜氣想想，必能察覺阿珂是何等自愛。

阿珂喜歡鄭克塽並不是全為他有財有勢，這樣油頭粉臉的紈絝子弟原本就易教少見世面的小姑娘傾心。

試想她一個小姑娘與鄭克塽日夕相對，耳鬢廝磨而又無越軌之事，這小姑娘的定力真是非同小可。後來在通吃島上鄭克塽的一番話，更顯得出阿珂是如何潔身自愛，他說道：

「……我跟阿珂清清白白，她說要跟我拜堂成親之後，才好做夫妻。……」

《鹿鼎記》第四十四回〈人來絕域原拼命　事到傷心每怕真〉

一個女孩子當然不會無端白事談及這些事情，自必然是鄭克塽想跟阿珂先「做做夫妻」，而給阿珂回絕，看來這種要求也不止一次。

面對自己愛人這種非分要求，在兩情相悅之時，恐怕很難拒絕，有女如此，又何需怕她受奸徒所騙呢？

阿珂一向待韋小寶都不好，這也令韋公爺的擁躉大為不滿。只是阿珂起初痛恨韋小寶是理所當然的。

在少林寺外首次相遇，韋小寶給人的印象是個披著袈裟的無賴色狼，又把她擄入寺中，又說要娶她為妻，瘋瘋癲癲的，女孩子見了不怕才怪。後來又見他去妓院鬼混，對這小惡僧自是十分討厭。

兼且在少林寺門前，韋小寶失手碰到阿珂的胸口，又常常貪婪地定著眼向她看個不停，一個貞烈女子自然不能受辱於此等浪徒，於是便動起殺機。

此時兩相比較，阿珂一定要選擇銀樣蠟槍頭的鄭克塽啦！

阿珂的童年生活非常缺乏長輩的愛護關懷，九難這賊尼只不過把阿珂視為復仇工具，至少也未曾待過阿珂好，功夫亂教一通，本門的機密也不肯相告，給阿珂的唯一教育是反清復明的一套，好差她去行刺吳三桂，阿珂的童年可說是非常不幸。

阿珂的物質享受也非常缺乏，九難賊尼給她的零用錢非常有限，作者借韋小寶的眼來道出這一點。阿珂省下了零用錢來買些便宜糖果吃，常吃得津津有味，吃些糖果已經是她很是重要的享受。一個自幼失去父愛母愛、又缺乏物質享受的小女孩比常人更易受物質引誘，但是阿珂並沒有貪慕虛榮。小惡人買的名貴糖果她絕不肯吃，物質引誘嘛，本姑娘就是不受！可見阿珂是何等倔強。即使與鄭克塽大段時間阿珂也未有從鄭克塽之處得過甚麼名貴禮物。

生女若此，夫復何憂？

阿珂後來失身於韋小寶，於是嫁他為妻，一半是為了鄭克塽太過膿包，非終身之托；一方面也為了懷有韋小寶的骨肉，她雖然倔強，思想畢竟保守。這種想法是對是錯也很難說，總之阿珂是十分保守的。

不論甚麼地域，甚麼種族，甚麼社會制度，生而為一個美貌女子都未必是件好事。生得太過貌美，容易招蜂惹蝶，有權有位而無情無義的男子本來就很多，他們都把美貌女子視為獵物，追得到手，大可炫耀一番，因此，身為美貌女子必須學會保護自己，免受奸徒玩弄，紅顏薄命，就是這個意思。

我為阿珂姑娘辨這不白之冤，姑娘泉下有知，一定要向我斂衽下禮。

這吳偉業韋小寶二人為陳圓圓姑娘分辨不白之冤，各人都撈得個「大才子」的名號，吳偉業寫了個《圓圓曲》，得以名留後世；韋小寶一番言語，可以一聽大美人唱那甚麼《圓圓曲》、《方方歌》，又「女婿看丈母，饞涎吞落肚」，還討得美貌老婆，他二人的報酬真是豐盛到極。

想那陳姑娘言道：

「詩詞文章做得好，不過是小才子，有見識，有擔當，方是大才子。」

《鹿鼎記》第三十二回〈歌喉欲斷從弦續　舞袖能長聽客誇〉

那「韋大才子」西瓜大的字識不上一擔，我嘛，蘋果大的字識得上一擔，詩詞是不會做，但文章嘛，嘿嘿，恐怕做得比「韋大才子」好些。

說到見識，總也比吳大才子高了一籌半籌；至於擔當是沒有幾多，但吳大才子也不見得有甚麼擔當呀。

原來在大美人的眼中，「老子的才情還真不低」。說到為大美人辨不白之冤，我們幾人的功業也算半斤八兩，而當世只有我這個「大才子」才明白阿珂姑娘的冤屈。韋吳二人各得大大的好處，我這「大才子」只好歎一句生不逢時了，功業雖是相等，但報酬卻大大的不同。

人生不逢時，你說這是多大的悲哀！任你有通天徹地的本領，真知灼見的才情，出世得太遲也是枉然。

補記：

過去這些年，間有被人稱為「才子」，通常都是立馬的「愧不敢當」。二十多年前，仍在二十世紀的某一日，一位長輩興沖沖的在人前介紹我這個晚輩小子，說我是個「才子」，我當然不肯應承。長輩似乎有點失望，還說：「做人謙虛一點也屬好事。」這與謙不謙完全無關，實在如此，何必接受過譽？

踏入二十一世紀之後，「才子」二字在香港一地似被嚴重污染了。於是更很怕給旁人稱我為「才子」，但凡遇上有誰客氣喊一聲「才子」，一律敬謝不敏。非為過謙，雅不願與傖徒同列矣！

國森記

二〇一九

第五章 兩個極端——段正淳與胡逸之

段正淳報應不爽

段正淳是否可愛，原不應由我輩鬚眉男兒去品評，在此只想探討一下其人的品格。

段正淳拈花惹草，到處留情，的確羨煞旁人，而最令人佩服的更是從不需負甚麼責任，生了私生女嗎？也總有冤大頭來替他撫養，如此能耐，則現世的花花公子也要自愧不如。

關於段正淳這個人物，有兩點頗值得探討：第一點是其人「兼收並蓄」，始亂終棄，但究竟有無真愛於諸女呢？第二點是他征服諸色女子所靠的究是何伎倆。

對於第一點，作者為段正淳辯白：

……段正淳雖然秉性風流，用情不專，但當和每一個女子熱戀之際，卻也是一片至誠，恨不得將自己的心掏出來，將肉割下來給了對方……

《天龍八部》第四十八回〈王孫落魄 怎生消得 楊枝玉露〉

原來作者既是如此說法，做讀者的是難有異議，可是細看段正淳與馬夫人康敏幽會的一幕，卻教人懷疑作者之論斷有些靠不住。

當二人摟摟抱抱之時，康敏問段正淳日後怎樣安置自己：

段正淳道：「今朝有酒今朝醉，往後的事兒，提他幹嗎？來，讓我抱抱你，別了十年，你是輕了些呢，還是重了些？」說著將馬夫人抱了起來。

馬夫人道：「那你終究不肯帶我去大理？」段正淳眉頭微皺，說道：「大理有甚麼好玩？又熱又濕，又多瘴氣。你去了水土不服，會生病的。」馬夫人輕輕歎了口氣，低聲道：「嗯，你不過是又來哄我空歡喜一場。」段正淳笑道：「怎麼是空歡喜？我立時便要叫你真正的歡喜。」

《天龍八部》第二十四回〈燭畔鬢雲有舊盟〉

後來知道馬夫人下迷藥相迫，不得已而用權宜之計，騙她說要帶她回大理娶為側妃，但又怎能騙得工於心計的馬夫人呢？

馬夫人重提當日二人結下孽緣時的說話，段大情人便怕起來了：

段正淳苦笑道：「我說讓你把我身上的肉，一口口的咬了下來。」本來這句誓語盟約純系戲謔。是男女歡好之際的調情言語，但段正淳這時說來，卻不由得全身肉為之顫。

情到濃時，說說掏出心肝來原也無妨，真的要做，可划不來啊！至於甚麼娶為側妃，也不能當真，「眉頭微皺」所為何來是再也明白不過。但也不妨「畫公仔畫出腸」，說明一下，那是因為感到煩厭，故此虛與委蛇，推說「水土不服，會生病」云云。

顯然段正淳與情人熱戀之時，心中只存「今朝有酒今朝醉」之念。若說「一片至誠」，真是

打死我也不信。

馬夫人自也不信。可是信的人多得很，秦紅棉、甘寶寶等人明知受騙，也甘之如飴。

……秦紅棉眼光突然明亮，喜道：「你說咱倆永遠廝守在一塊，這話可是真的？」段正淳道：「當真！紅棉，我沒一天不在想念你。」秦紅棉道：「你捨得刀白鳳麼？」段正淳躊躇不答，臉上露出為難的神色……」

《天龍八部》第七回〈無計悔多情〉

大情人自然有長篇道理：

只聽段正淳柔聲道：「只不過我是大理國鎮南王，總攬文武機要，一天也走不開……」秦紅棉厲聲道：「十八年前你這麼說，十八年後的今天，你仍是這麼說。段正淳啊段正淳，你這負心薄幸的漢子，我……我……我好恨你……」

段正淳自然有辦法對付：

段正淳道：「紅棉，你真的就此捨我而去嗎？」說得甚是淒苦 秦紅棉語音突轉柔和，說道：

「淳哥……你隨我去吧……」段正淳心中一動，衝口而出，道：「好，我隨你去！」秦紅棉大喜，伸出右手，等他來握。

忽然背後一個女子（甘寶寶）的聲音冷冷的道：「師姊，你……你又上他當了。他哄得你幾天，還不是又回來做他的王爺。」

甘寶寶不過一時旁觀者清，到她自己當局之時，不是一樣著迷嗎？

段正淳用計點了秦甘二人的穴道，挾回暖閣中飲酒作樂，甘寶寶在師姊面前，裝著個貞烈女子的模樣：

……鍾夫人莊言道：「我是有夫之婦，決不能壞了我丈夫的名聲。你只要碰我一下，我立時咬斷舌頭，死在你面前。」

只是段正淳還有對策：

……聽她言語中對丈夫這麼好，不由得一陣心酸，長長歎了口氣，說道：「寶寶，我沒福氣，不能讓你這般待我。本來……本來是我先識得你，唉，都是我自己不好。」

鍾夫人聽他語氣凄涼，情意深摯，確不是說來騙人的，不禁眼眶又紅了。

所謂「不是說來騙人」，不過是甘寶寶一廂情願而已，只因她思念段正淳過度，才以此安慰自己。

後來段正淳潛入萬劫谷，兩人再度相遇，甘寶寶終於「當局者迷」了。

……段正淳在她耳邊道：「你跟我逃走了！我去做小賊、強盜，我不做王爺了！」甘寶寶大喜，低聲道：「我跟你去做小賊老婆。便做一天……也是好的。」

不做王爺？說說而已，豈能當真！

段正淳始亂終棄，不管他人死活，在少林寺前的笑話，可見一斑。

蕭遠山揭發葉二娘與玄慈的一段孽緣，說葉二娘受「一個武功高強、大有身分的男子所誘」，大理諸人懷疑是段正淳所為，竟然他自己也懷疑起來：

……連段正淳也是大起疑心：「我所識女子著實不少，難道有她在內？怎麼半點也記不起來？倘若當真是我累得她如此，縱然在天下英雄之前聲名掃地，段某也決不能絲毫虧待了她。只不過……只不過……怎麼全然記不得了？」

《天龍八部》第四十二回〈老魔小丑　豈堪一擊　勝之不武〉

這「著實不少」恐怕沒有三五百也必有七八十。段正淳雖然「全然記不起」有葉二娘這一號人物，但也不敢肯定，可見在他心中，這些女子全不占任何地位。

他「累」了的女子「著實不少」，卻對人人都十分「虧待」。

與玄慈的行徑相較，立時成了強烈的對比，蕭遠山的評語是：

「這男子只顧到自己的聲名前程，全不顧念你一個年紀輕輕的姑娘，未嫁生子，處境是何等的淒慘。」

葉二娘自然奮力回護於他：

「不！不！他顧到我的，他給了我很多銀兩，給我好好安排了下半世的生活。」

未嫁生子是何等淒慘，相信人人都知，未婚媽媽固不應受歧視，可是一個年輕姑娘要獨力撫養孩子，究是十分吃力，兼且小孩子無端失去父愛，於心理成長總有不良影響。

玄慈戀棧名位，拋棄她母子二人，當然大大的不是。但他也算是有些兒責任感，給她銀兩，又為她安排了下半世的生活。

段正淳嘴裡說得漂亮，抱著「今朝有酒今朝醉」的心態，其他一切是不顧的，連銀兩也省了。

秦紅棉隱居深谷，母女相依為命。連男子也不肯見，代她買米買鹽的阿婆病了，差兒子送來，也惹得秦紅棉生氣；木婉清也要立下規矩，不准男子見她的容顏。十八年苦苦相思，著實淒慘，可是她不會去怪她的段郎，卻去遷怒別的女子，畢竟段郎的演戲本領極高。

甘寶寶懷有了他段家的骨肉後境況堪虞，她自己寫道：

「傷心苦候，萬念俱灰。可是兒不能無父，十六年前朝思暮盼，只待君來。迫不得已，於乙未五月歸於鍾氏。」

《天龍八部》第九回〈換巢鸞鳳〉

「傷心苦候，萬念俱灰」，怎生苦法，自也不用多言。可是個郎去如黃鶴，飽食遠揚，哪管你「親親寶寶」如何悲慘。

段正淳手拿甘寶寶送來的盒子，回思往日情境：

「那時她還只是個十七歲的小姑娘，她父親和後母待她向來不好，腹中懷了我的孩兒，卻教她如何做人？」

他二人歡好將近一月，甘寶寶的年紀他不是不知，她父親後母待她不好也不是不知，有孩子的可能性也不是不知，但是他有沒有為她著想呢？

阮星竹的境況更慘，阿朱臨死之時向蕭峰道出她偷聽得來的：

「……他和媽媽不是正式夫妻，先是生下了我，第二年又生了我妹妹。後來我爹爹要回大理，我媽媽不放他走，兩人大吵了一場，我媽媽還打了他，爹爹可沒還手。後來……後來……沒有法子，只好分手，我外公家教很嚴，要是知道了這件事，定會殺了我媽媽的。我媽媽不敢把我姊妹帶回家去，只好分送了給人家……」

《天龍八部》第二十三回〈塞上牛羊空許約〉

「沒有法子」的是阮星竹，段正淳卻是很有法子。秦甘二人有了段正淳的孩子，他可推說並不知情，可是阿朱阿紫兩姊妹，他一定親手抱過。至於他有沒有安排一下阮星竹日後的生活，則看看阿朱阿紫姊妹在甚麼環境長大便可知，也不勞多說了。

段正淳對這些女子的態度，可在信陽馬家的一夜可知，丐幫的白世鏡打了康敏一記耳光，康敏痛得流淚：

段正淳怒喝：「住手，你幹嗎打她？」白世鏡冷笑道：「憑你也管得著麼？她是我的人，我愛打便打，愛罵便罵。」段正淳道：「這麼如花似玉的美人兒，虧你下得了手？就算是你的人，你也該低聲下氣的討她歡心、逗她高興才是啊。」

《天龍八部》第二十四回〈燭畔鬢雲有舊盟〉

「低聲下氣」當然是裝出來的，至於「討她歡心、逗她高興」則是為那「今朝有酒今朝醉」的最終目的服務。

還有另一旁證，康敏表示要「毀了得不到手的物事」，段正淳又來耍手段，說要用十多年前給她抹過汗的手帕再來抹汗：

段正淳說十幾年來身邊一直帶著那塊舊手帕，那倒不見得，不過此刻卻倒真是在懷裡。他容易討得女子歡心，這套本事也是重要原因，令得每個和他有過風流孽緣的女子，都信他真正愛的便是自己，只因種種難以抗拒的命運變故，才無法結成美滿姻緣……

秦紅棉中此毒最深，所以常常要殺盡那些「害」得她和段郎不能長相廝守的壞女人。

段正淳對這些女子原本就沒有真愛，「拈花惹草」正是他的目的。他要征服形形式式的女子，騙得上這些女子才是他的真正樂趣。事前他絕不會想過要負甚麼責任，情到濃時更不會去想這掃興的事，事後更拍拍屁股便「一聲珍重人去也」。在現實世界中，這類人或許不會太多，但總會有這些以異性為獵物的「獵人」存在。

段正淳演戲的本事太好、太投入，所以連自己也以為是個好人。

段氏眾人首次闖入萬劫谷救段譽未果，甘寶寶為了勸住丈夫鍾萬仇，騙他以後不再見段正淳，鍾萬仇信以為真，轉告段正淳：

段正淳心下黯然：「為甚麼？為甚麼再也不見我面？你已是有夫之婦，我豈能再敗壞你的名節？大理段二雖然風流好色，卻非卑鄙無恥之徒。讓我再瞧瞧你，就算咱兩人離得遠遠地，一句話也不說，那也好啊。」

《天龍八部》第八回〈虎嘯龍吟〉

這等廢話除了那些受騙的女子和他自己本人相信之外，恐怕不會有任何稍有理智的人會信。即使大奸大惡的劇盜殺人放火、姦淫虜掠也不會自覺有罪，反而埋怨父母無財無勢、埋怨自己投錯了胎，覺得這世界、這社會欠他太多。

若然段正淳有生之年曾經一次半次考慮過他人名節，段正淳就不成為段正淳了。他後來不是再入萬劫谷去「壞人名節」嗎？

謊言多說幾遍自也變成真理、變成真實，既然段正淳自稱不是「卑鄙無恥之徒」，多說幾遍當然自覺「有恥」得很了。

俗語說得好：「淫人妻女笑呵呵，妻女淫人奈若何？」以段正淳這類人的性格，送綠頭巾給人必定是件光榮的事，欺騙無知婦女越多，也越覺有優越感，有姓鐘的、姓王的傻瓜代他養育女兒，簡直是大慰平生了。

可是天理迴圈，報應不爽，段正淳淫人妻女，到頭來自己的老婆竟以綠頭巾相贈；自己的女兒總由人家養大，可是自己身邊的兒子竟是他人的骨肉。既種此因，便結此果，段正淳應該無話可說。

「綠頭巾」的觀念絕對是父系社會的產物，完全重男輕女；至於撫養他人骨肉，既有二十多年父子之情，生父養父原也無太大分別。只是段正淳既以獵取異性為樂，他的夫人與人生子，矇騙於他，這便成了他最大最重的懲罰。

作者將段夫人刀白鳳揭露段譽生父身分的一段寫成段正淳聽不明白，為甚麼要如此寫是難以猜度，但卻並不可信。

段延慶正想出手刺死段譽，刀白鳳說道：

「天龍寺外，菩提樹下，化子邋遢，觀音長髮！」

《天龍八部》第四十八回〈王孫落魄　怎生消得　楊枝玉露〉

段延慶的反應是：

……顫聲道：「觀……觀世音菩薩……」

刀白鳳低聲道：

「你……你可知道這孩子是誰？」

接下來又叫他看段譽的生辰八字，段延慶看完之後，回頭瞧她以示相詢，刀白鳳還說：

「冤孽，冤孽！」

雖然刀白鳳低聲說話，但也不能教人人都聽不到。作者沒有明寫，只是從段延慶眼中所見得知段正淳的想法：

……一瞥眼見到段正淳，只見他臉現迷惘之色，顯然對他夫人這幾句話全然不解。

以生辰八字來作骨肉相認的憑證，段正淳又不是沒試過，刀白鳳三言兩語之間便勸得天下第一惡人不殺段譽，又解她穴道，以段正淳的聰明才智，自必然想得到，所謂「全然不解」也是想當然而已。

段正淳知道段譽不是自己親生，心中定必痛如刀割，如此報應最好，大快人心。段正淳自殺的原因，也未嘗不與此事有關。

段正淳無真愛於諸女恐怕已無可爭議之餘地，不如說說段正淳征服這些女子的本領究竟何在。天下間如段正淳一般無情無義的男子應該不會太多。可是世界上最規矩的丈夫，即使表面上、或者表面上和實際上都用情專一，對妻子從一而終，午夜做夢，總也做過些左擁右抱、置身眾香國的甜夢吧。心中縱或不敢、不想、不忍去外間花天酒地、勾三搭四，做做夢總也有吧！因此研究一下段正淳怎生如此受女子歡迎，倒也很有「建設性」。

表面上段正淳是靠身上攜得有與那些女子訂情的信物，又或者牢記住當時所講的風言風語，好讓那受騙的女子以為他真心愛己。

這個想法完全是本末倒置，若是對方心中完全沒有你這一號人物，即使你身上帶有對方所贈的諸種物事，又記得雙方說過的每一句話也沒有絲毫作用。這不過是錦上添花，是賓不是主。

真正的原因其實是段正淳有極佳的演技，那些風言風語，山盟海誓，雖則骨子裡全是虛假，可是到了段正淳的口中竟好像全都是真實。這等演技大概屬於天授，後天能否訓練得出就無法得知。

若要培養出如此能耐，第一步恐怕是先要令自己也覺得自己是個多情種，否則連自己也不相信，這謊話說出來便不夠動聽了。可是這也有個危險，就是很容易導致人格分裂。

騙得上那些女子是第一步也是最後的一步，自然是最難的一步，待得那女子死心塌地，以後怎樣處理已不成問題了。

一個男子沒有不可愛上多個女子的道理，一男一女有了肉體關係也不一定便要結婚、便要一起生活。天下間似乎沒有這個規矩，即使曾有這個規矩，在二十世紀恐怕也行不通。

今時今日，歐西蠻夷之地，女子未婚生子而不肯讓孩子的父親負責供養，又不肯與其一起生活，好像已成風尚，化外之民。真是難以測度。我中華上國，向來最重骨肉親情，這段正淳到處留情，生下孩子，最起碼也要負上一半供養之責，可是其人生性涼薄，對於自己的骨肉無情至此，則不論以任何尺度評價，此人也不過衣冠禽獸而已。

補記：

有不少女性讀者真心誠意地相信《天龍八部》描述的段正淳對一眾情人都是真心誠意，「男人」和「女人」，真可以說截然不同的兩種動物。潘國森「吾道一以貫之」，讀者可與〈淺論段正淳與王語嫣父女〉並讀，此文收錄在《金庸雅集——愛情篇　影視篇》（心一堂，二〇一九）。

國森記
二〇一九

胡逸之自慚形穢

胡逸之外號「百勝刀王」，又有另一外號叫做「美刀王」，年輕時風流英俊，是武林中第一美男子云云，為了「早上晚間偷偷見到她一眼」，二十三年來做園丁、伙夫，還怕洩漏身分，只跟她說了三十九句話。這個她，自然是天下第一美人陳圓圓。

我懷疑胡逸之跟那飛天狐狸有點淵源，他的武功近于胡家刀法的一路，而且輕功又十分了得，可能是族中兄弟。

胡逸之自言「這一生一世，決計不會伸一根手指頭兒碰到她一片衣角」，那麼他在陳圓圓身邊二十三年究為何事呢？難道真的朝夜看她一眼便心滿意足？這個問題倒也值得研究一下。

要研究胡逸之的心態，必先細嚼他的幾番偉論。韋小寶道出阿珂如何「謀殺親夫」，胡逸之勸道：

「小兄弟，人世間情這個東西，不能強求，你能遇到阿珂，跟她又有師姊師弟的名分，那已是緣分，並不是非做夫妻不可的。你一生之中，已經看過她許多眼，跟她說過許多話。她罵過你，打過你，用刀子刺過你，那便是說她心中有了你這個人，這已經是天大的福分了。」

《天龍八部》第三十三回〈誰無癇疾難相笑　各有風流兩不如〉

韋小寶略作附和，胡逸之又道：

「就給她殺了，也很好啊。她殺了你，心裡不免有點抱歉，夜晚做夢，說不定會夢見你；日間閑著無事，偶然也會想到你。這豈不是勝於心裡從來沒有你這個人嗎？」

韋小寶表示自己喜歡一個女子，一定要她做老婆，又說要宰了鄭克塽，胡逸之續道：

「小兄弟，這話可不大對了。你喜歡一個女子，那是要讓她心裡高興，為的是她，不是為你自己。倘若她想嫁給鄭公子，你就該千方百計地助她完成心願。倘若有人要害鄭公子，你為了心上人，就該全力保護鄭公子，縱然送了自己性命，那也無傷大雅啊。」

任誰聽到了這番話，定必肅然起敬，將男女之間的情愛昇華為捨己為人的情操，真是雲天高義。我忽然想起了段譽，卻原來二人倒是十分相似，可惜他二人不同時而生，否則他二人拜拜把子也是美事。胡韋二人志趣還是很有不同，結拜為兄弟似覺牽強。

起初王語嫣對段譽十分冷淡，段譽也以王語嫣心中有己為榮、為樂。在杏子林中，西夏一品堂突襲，段譽攜了王語嫣逃命：

王語嫣不論說甚麼話，在段譽聽來，都如玉旨綸音一般，她說要找一個地方避一避雨，段譽明知未脫險境，卻也連聲稱是，心下又起呆念：「王姑娘心中念念不忘的，只是她表哥慕容復。我今日與她同遭兇險，盡心竭力的回護於她，若是為她死了，想她日後一生之中，總會偶爾念及我段譽三分。將來她和慕容復成婚之後，生下兒女，瓜棚豆架之下與子孫們說起往事，或許會提到今日之事。那時她白髮滿頭，說到『段公子』這三個字時，珠淚點點而下……」想得出神，不禁眼眶也自紅了。」

《天龍八部》第十七回〈今日意〉

為了心上人日後「閑著無事，偶然也會想到你」，連性命也不要了，如果為你下淚，多死幾次也無妨：

段譽身子給王語嫣扶住，又見她為自己哭泣，早已神魂飄蕩，歡喜萬分，問道：「王姑娘，你……你是為我流淚麼？」王語嫣點了點頭，珠淚又是滾滾而下。段譽道：「我段譽得有今日，他便再刺我幾十劍，我便為你死幾百次，也是甘心。」

《天龍八部》第三十八回〈胡塗醉情長計短〉

段譽不是很似胡逸之嗎？後來遠赴西夏，途中救了欲自盡的王語嫣，廟外塘邊，得知慕容復要娶西夏公主：

段譽心中一驚，暗道：「段譽啊段譽，你何以忽起卑鄙之念，竟生乘火打劫之心？豈不是成了無恥小人？」眼見到她楚楚可憐之狀，只覺但教能令得她一生平安喜樂，自己縱然萬死，亦所甘願，不由得胸間豪氣陡生，心想：「適才我只想，如何和她在荒山孤島之上，晨夕與共，其樂融融，可是沒想到這『其樂融融』，是我段譽之樂，卻不是她王語嫣之樂。我段譽之樂，其實正是她王語嫣之悲。我只求自己之樂，那是愛我自己，只有設法使她心中歡樂，那才是真正愛她，是為她好。」

《天龍八部》第四十五〈枯井底　污泥處〉

於是乎決定去勸慕容復娶王語嫣為妻，如他不肯，便跟他爭奪西夏公主。段譽的動機正是要王語嫣知道他自己才是最愛她，連慕容復也是大大不如。

如果慕容復不是以興復大燕為念，段譽便成了「胡逸之第二」了，或者應該說成胡逸之是「段譽第二」。

段胡二人也有些不同，胡逸之似乎一開始便以「令陳圓圓快樂」為最終目標，因此陳圓圓和李自成幽會的時候，胡逸之一定在為他們把風。段譽起初是以「段譽之樂」為念，到了後來才覺得為王語嫣犧牲，令她快樂，方是真正愛她。這個過程非常複雜，段譽無時無刻不向王語嫣表露愛意，到了最後才明白這一點。

胡逸之從未有流露過自己的情意，反而竭力隱藏身分，至於他心中有沒有相同的經歷則不得而知。

胡逸之又為何刻意隱藏呢？

細察胡逸之的言論便可知道他對於陳圓圓心中完全沒有自己事實上十分耿耿於懷，他其實很希望陳姑娘夢中見到自己，閑著想想自己。

隱藏身分是因為自慚形穢。

胡逸之初遇陳圓圓之時，他還是一個風流英俊的美男子，又為何要自慚形穢呢？再看看段譽可以得到啟示，段譽雖然是個書呆子，卻也風流倜儻得緊，相貌也很俊美，正如南海鱷神對王語嫣言道：

「你不肯做我師娘，肯做的人還怕少了？這位大師娘，這位小師娘，都是我的師娘。」

說著指著木婉清，又指著鍾靈。

自慚形穢是因為心上人心中沒有自己，段譽雖是王子之尊，但在神仙姊姊的跟前，這種身分也是平常得緊。

不同之處是胡逸之自卑到不敢露面，而段譽還常常跟著王語嫣。

為心上人的快樂而犧牲自己固然高尚得很，但那也是無可奈何之舉，最好的自然是得美人青睞，「其樂融融」啦！因此說甚麼「不會伸一根手指頭兒碰到她一片衣角」似乎有些兒靠不住，段譽一直都是對王語嫣以禮相待，自己伸手去碰神仙姊姊是決計不敢，危急時「從權一下」那是迫不得已，但若是神仙姊姊紆尊降貴來「碰碰」這「弟子」段譽，「弟子」可樂得瘋了。

胡逸之不敢碰一碰陳姑娘的衣角正是為了陳姑娘的心中全沒有胡逸之這一號人物。

胡逸之所以自卑是為了自己未曾為陳姑娘做過甚麼有功勞之事，他雖然指吳三桂是好色之徒、無情之人，不過吳三桂「衝冠一怒」全是為了陳圓圓，為了她而做漢奸，兩相比較，二十三年甘操賤役也是十分平常。李自成也是為了陳圓圓而落敗（起碼他自己以為如此），也比起胡逸之「優勝」得多。胡逸之定必以為陳圓圓與李自成在一起時感到快樂。他自不會像韋小寶一般給他來個「白刀子進，紅刀子出」，否則一百個李自成也早死了。

陳圓圓為了思念阿珂而病倒，胡逸之帶了阿珂回昆明相見，這件事表面看來是小事，卻是「美刀王」一生中另一大轉捩點。從此以後「陳姑娘的心中知有我胡逸之」了！

這事乃是一大大的功勞，她母女相見之後，阿珂一定告訴她娘是這位胡伯伯帶她回來，那陳姑娘自必然要面謝這位胡大爺。美人召見，焉敢不從？再要隱藏身分，那可是萬萬不能了。

雖然胡逸之在美人之前啞口無言，但是美人既有相詢，又焉敢不和盤托出呢？於是二十三年來所作所為自必不敢再隱瞞了。

陳姑娘就是不為所動，也得要感激攜女相見之德，日後閑來無事，自必要請這位胡大爺聊聊，喝喝龍井茶，吃吃蘇式點心，聽聽那「圓圓曲、方方歌」了。至於這胡大爺會否因自卑之心漸消而大起膽子來獻殷勤，卻是頗難逆料。

後來韋小寶在通吃島得知清軍平定吳三桂，阿珂擔心母親的安危，韋小寶勸說有胡逸之相護，必然無事。只是他害怕胡逸之和陳圓圓「摟摟抱抱，勾勾搭搭」，由把兄變成岳父，攪亂了輩分云云，阿珂卻說胡逸之「最規矩老實不過」。

可是胡逸之後來是否還是規矩老實就難說得很。多吃幾次點心，多聽幾次曲，感情恐怕會有些進展，雖說男女之間的情愛不一定建築在肉欲之上，胡逸之也未必便成了韋小寶的岳父，「勾勾搭搭」或許不會，「摟摟抱抱」卻大有可能。昔日柳江上的誓言似乎作不得準。

第六章　糖人兒情意結

第一個愛上的……

《碧血劍》的讀者一定有一個疑問，那就是袁承志為什甚要喜歡溫青青。

這個女子的確不好，她根本不能容忍袁承志接觸任何女人。注意：是「接觸」不是「接近」，「接觸」是人與人之間的日常往還，而「接近」就親暱得多。娶了這女子為妻，確是上天下地最悲慘的事。

袁承志之所以深愛溫青青，衹因為她是他第一個愛上的女子，這種心態在少年男女之間非常普遍，可名之為「糖人兒情意結」。

所謂「糖人兒情意結」典出於《倚天屠龍記》第二十五回〈舉火燎天何煌煌〉。話說其時張無忌剛擊破了趙敏手下「阿大」、「阿二」和「阿三」三大高手，而殷梨亭重傷未癒，正要下山追找趙敏一夥。楊不悔向張無忌表示要將終身託與殷梨亭，連張無忌也大吃一驚。楊不悔的解釋是：

……無忌哥哥，我小時候什麼事都跟你說，我要吃個燒餅，便跟你說；在路上見到個糖人兒好玩，也跟你說。那時候咱們沒錢買不起，你半夜裡去偷了來給我，你還記得嗎？……你給了我那個糖人兒，我捨不得吃，可是拿在手走路，太陽曬著曬著，糖人兒融啦，我傷心得什麼似的，哭著不肯停。你說再給我找一個，可是從此再也找到那樣的糖人兒了。你雖然後來買了更大更好的糖人兒給我，我也不要了，反而惹得我又大哭了一場……我的脾氣很執拗，殷六叔是我一個喜歡的糖人兒，我也不喜歡第二個了……

「我再也不喜歡第二個了」，因此袁承志……

在旁人眼中袁承志非常不幸，他是個大傻瓜，但是他自己喜歡如此，正是：「吹皺一池春水，干卿底事？」

這就是「糖人兒情意結」。

第一個糖人兒不見得比以後的好，有些人很快就明白，也有些人終生都不明白，因而不能擺脫「糖人兒情意結」的枷鎖。

張無忌很容易脫離了「糖人兒情意結」的泥沼，第一個糖人兒是壞的。他的第一個糖人兒是朱九真。張無忌被朱長齡騙得墜下深谷，摔斷雙腿，卻與朱九真再會：

張無忌聽得朱九真的嬌笑之聲遠遠傳來，心中只感惱怒，五年多前她敬若天神，只要她小指頭兒指一指，就是要自己上刀山、下油鍋，也是毫無猶豫，但今晚重見，不如何，她對自己的魅力竟已消失得無影無蹤。張無忌只道是修習九陽真經之功，又或因發覺了她對自己奸惡之故，他可不知世間少年男子，大都有過如此糊裡糊梁的一段初戀，當時為了一個姑娘廢寢忘食，生死以之，可是這段熱情來得快，去得也快，日後頭腦清醒，對自己舊日的沉迷，往往為之啞然失笑。

《倚天屠龍記》第十六回〈剝極而復參九陽〉

作者這一段分析已算十分精妙，祇是「去得也快」卻未必人人如此。張無忌能夠順利過渡「糖人兒情意結」的階段，才會「日後頭腦清醒」，也有許多人不能過渡，結果難以自拔。

殷離比楊不悔更「執拗」，同一個糖人兒，祇不過「形式」略有改變而已，但是她卻不喜歡。長大以後的張無忌是個「更大更好的糖人兒」，不過殷離祇喜歡年紀小小、咬她罵她的那個張無忌、她「第一個喜歡的糖人兒」。殷離正好是沒能順利過渡「糖人兒情意結」的最好例子。

能不能順利過渡，一方面取決於當時人的性格，另一方面也受客觀環境所影響。

性格執拗的人較難過渡，而越是聰明敏慧、心高氣傲的人，也越難過渡。

殷離與楊不悔執拗的性格令的她們比別人更受此情意結影響。楊不悔曾經向張無忌表明心跡，這輩子是跟定了殷梨亭，殷梨亭傷重不治，她也要一塊死。她能夠得到「第一個喜歡的糖人兒」確是幸運。而殷離卻認定眼前的糖人兒不是當年的糖人兒，可惜她眼中的張無忌原本就不是張無忌真正的一面，其實糖人兒沒變，衹是他看錯了。

張無忌性格圓通，故此對「糖人兒情意結」的抵抗力較強，沒有為朱九真而鬱鬱終生。

上天賦予人高低不同的聰明才智，但是也十分公平，人越聰明，對這個足以害人一世的情意結的抵抗力也越弱。

另一方面，環境也是個重要因素，若環境有利於人淡忘第一個糖人兒的後遺，自然容易過渡，反之則過渡艱難。

張無忌輕易過渡，除了性格因素之外，環境也是十分重要。首先他很快便發現了朱氏父女的陰謀，由此對朱九真產生怨懟之感；其次他性命垂危，一心修練九陽真經，精神有所寄託。兩者都有利過渡的。

殷離所處的環境卻全都不利。她終日難金花婆婆相依，沒有什麼精神寄託，一有空便去思念咬她罵她的小張無忌；兼且她父用情不專，更令她對小張無忌的情懷堅定不移；而金花、銀葉兩人愛情生死不渝，她自少耳濡目染，也有推波助瀾之功。如此環境，如此性格，豈有不越陷越深之理？

補充：

許多年前，有一位朋友笑說很常在拙文用「情意結」，《話說金庸》倒是第一次，其實後來也沒有特別多用。

這「情意結」（complex）是西洋心理學的術語，少年時稍稍自學一點社會科學的入門皮毛，後來興趣也不甚大。「情意結」大抵是人在「潛意識」（subconscious，也是心理學術語）中，將一些個人的情緒、記憶、知覺、希望等等心理活動組合起來，成為一種心理狀態。

筆者杜撰的「糖人兒情意結」說得尚算頭頭是道，頗能自圓其說。「社會科學」這門學問雖有「科學」之名，卻與我們傳統的所謂「理科生」理解的「科學」，例如物理學、化學、生物學那些學科的研究方面有相當大的差別。例如物理學入門教科書講的「定律」（law）比起社會科學的「定律」就要嚴謹得太多了。

相同的名詞，在不同的學術領域卻有不同的具體「義界」。

國森記

二〇一九

最害人的糖人兒

《神鵰俠侶》是公認的「情書」，於「糖人兒情意結」的力量與特質發揮最多，看看書中眾人的遭遇便可知一二。

楊過是眾人的「第一個喜歡的糖人兒」，陸無雙、程英、公孫綠萼、郭芙、郭襄，甚至完顏萍，當然還有小龍女，她們眾人都喜歡這個又大又好的糖人兒。

楊過怎生好法，事實上不須多言，林燕妮小姐的〈一見楊過誤終生〉（編按：收錄於《諸子百家論金庸（壹）》），對楊過的魅力有詳盡而高明的分析。未看該文之前，我雖數讀《神鵰俠侶》，但對於諸女為何如此鍾情於楊過，既不明白也未有留意。看過之後才多明白了些。我輩鬚眉男子恐怕不易明白這難以捉摸的少女情懷，看來多活幾輩子也是如此。

楊過是最大最好的糖人兒，則殆無可議論之餘地。程英與陸無雙既知這糖人兒早已有了主人，不得已而丫角終老，思之令人神傷。公孫綠萼更傷心得要結束自己的生命，她自幼便失去父母之愛，對於得一如意郎君的要求更為強烈、更為重要，求之不得，自然生無可戀甘為鬼。郭襄受這「糖人兒情意結」之害更深，她的熱情莫說沒有「來得快，去得也快」，她痛苦到竟要把自己的不幸延續下去，莫說男兒無望繼承峨嵋派掌門之位，連出了閣的婦人也無緣染指。

林文稱此四位姑娘「蕙質蘭心」，也正因她們比一般姑娘更聰明敏慧，於是無法擺脫「糖人兒情意結」的魔爪。

完顏萍是最幸運的一人，她初遇楊過便一見傾心：

完顏萍當初見他容貌英俊，武功高強，本已有三分喜歡……後來聽了他訴說身世，更增了幾分憐惜，此時聽他說話有些不懷好意，卻也並不動怒……

……

完顏萍初時只道他要出口求婚，又怕他要肌膚之親……那知他只說要親親自己的眼睛，不由得鬆了一口氣，可是心中卻又微感失望……

《神鵰俠侶》第十回〈少年英俠〉

完顏萍的幸運是她自此再沒有機會與楊過單獨相處，又有武修文失意於郭芙之後熱烈追求，兩情相洽。第一個糖人兒固然極好，但可望而不可及，知鏡花之不可攀，退而求其次，第二個糖人兒雖然又小又不夠好，也祇好將就一下。由是順利過渡「糖人兒情意結」的階段。

郭芙則有幸有不幸。有幸者，她未有像程、陸、郭襄等人終生不嫁，得享一些室家之樂。不幸者，她不自知對楊過鍾愛甚深，卻因楊過從不假以詞色，心中由此而生怨恨，以致性情暴躁。

郭芙是個草包子，根本不知自己內心深處的所欲所求，實則楊過才是她「第一個喜歡的糖人兒」，結果表面上「糖人兒情意結」是過渡了，實際上卻暗地裡支配了她的行為。

客觀環境也減輕了郭芙精神上、思想上的損害，楊過自少都未有對她好過。楊過不單只不像武家只弟一般對她奉迎，還時常跟她抬槓，因此郭芙較易過渡。再者她自幼有武家兄弟熱烈追求，後來又有耶律齊與她相戀，耶律齊也算是個頗好的「糖人兒」，故思念楊之情略有緩衝。假若楊過如待程陸二人一般待郭芙，則郭芙的命運也不會很好。

二　武庸人多福

再看武家兄弟，自少便為郭芙而相爭，最後還要動刀動槍，拚個你死我活。後來楊過訛稱將與郭芙成親，以勝利者的姿態出現，折辱這兩個「情敵」，他們被迫知難而退。原本情場失意，很容易如程英、陸無雙等人一般的場，但是他們幸運地碰上了更好的姑娘，而郭芙除貌美之外，可說一無是處。

武氏兄弟和郭芙同在桃花島自幼一齊長大，一來島上並無別個妙齡女子，二來日久自然情生，若要兩兄弟不對郭芙鍾情，反而不合情理了。後來忽然得知郭芙對自己原來絕無情意，自是心灰意懶，只道此生做人再無半點樂趣，那知不久遇到了耶律燕和完顏萍，竟爾分別和兩兄弟頗為投緣。這時二武與郭芙重會，心中暗地稱量，當真是情人眼裡出西施，只覺自己的意中人非但並無不及郭芙之處，反頗有勝過。一個心道：「耶律姑娘豪爽和氣，那像你這般捏捏扭扭，儘是小心眼兒？」另一個心道：「完顏姑娘楚楚可憐，多溫柔斯文，怎似你每日裡便是叫嘔氣受罪？」……

《神鵰俠侶》第第二十九回〈劫難重重〉

二武當局者迷，楊過卻老早已瞧出郭芙難惹：

……（楊過）心想：「武家兄弟把這姑娘當作天仙一般，唯恐她不嫁自己。其實當真娶到了，整天陪著這般嬌縱橫蠻的一個女子，定是苦頭多過樂趣，嘿，這般癡人，也真好笑。」

《神鵰俠侶》第十二回〈英雄大宴〉

沒有楊過後來出面迫退二人，他兄弟兩人真不知何日方得醒覺。而二武也不是至情至性之人，人品也不甚高明，對「糖人兒情意結」的抵抗力便較強，所謂「庸人多福」，古人誠不欺我也！

楊過與小龍女

楊過起初對小龍女有敬而無愛，祇是他憤世嫉俗，以寫祇有小龍女一人待他最好，於是對小龍女之愛才越來越深。

黃蓉十分了解楊過，所以她向小龍女表示楊過在古墓過了幾年必會氣悶。小龍女起初不信，後來向楊過求證，證實了黃蓉的話。（見《神鵰俠侶》第十四回）

祇是每多歷一次波折、一重憂患，楊過對小龍女之情便又再深幾分，以致愈來愈陷於「糖人兒情意結」之中。到得後來楊龍二人已經難捨難離，楊過也祇好辜負了程陸二人的一番錯愛了。

小龍女是否好得過程陸二人是見仁見智，反正小龍女是他「第一個喜歡的糖人兒」，以後的「糖人兒」好不好，楊過是不會放在心上。

明白了「糖人兒情意結」的威力，則許多表面上漫不可解的事情便豁然開朗。

令狐冲、岳靈珊、任盈盈

令狐冲為何苦戀岳靈珊呢？任盈盈有甚不好？

連恆山派的尼姑和姑娘們也看不過眼，為任盈盈不值。看起來是個複雜難解的問題，說穿了是十分顯淺，這是糖人兒的問題。

令狐冲也是個執拗的人，還幸他不如殷離、楊不悔等人一般，所以雖得不到「第一個喜歡的糖人兒」，最後也不以悲劇告終。

第二個糖人兒雖然更大更好，可是令狐冲從「糖人兒情意結」解放出來卻經歷漫漫長路。

令狐冲與岳靈珊自少青梅竹馬，十多年的感情竟然敵不過人家數月相處，這對於一個心高氣傲的人來說，自尊心所受的沉重打擊是不可忽視的。

林平之有什麼好？他武功低微，入門時短，又無恩澤於岳靈珊，但竟然連大師兄也擊敗了。敗在一個各方面條件都比自己好的情敵，應可口服心服，在情場上被打敗不算最痛苦，敗得不明不白才是最痛苦。

令狐冲看不出落敗的因由，因而更痛苦，更深陷於「糖人兒情意結」之中。

我說客觀因素可以助人過渡此情意結，但所謂客觀因為並不包括親友長的規勸，規勸是完全沒用。想得通的自然想得通，想不通的便是如何苦口婆心也是枉然。

金花婆婆不是終日規勸殷離？那樣做有作用嗎？

旁人推波助瀾，吶喊助威亦是個不利因素，好像陸大有為令狐冲抱不平，祇有更令他不能自拔。

連旁人也都認定岳靈珊應該接受令狐冲的愛，那還有疑問嗎？琵琶向別彈，能不痛心疾首？岳靈珊若不同關心令狐冲，他還好過些，可是在他傷重之餘，小師妹奔波來回六十里，送來盜得的「紫霞秘笈」給他修習，用以療傷，這番情義又將令狐冲推入苦痛的深淵。

在令狐冲的眼中，小師妹雖若即若離，但恩情還在，令狐冲又怎能不尚懷一絲希望呢？陸大有還斷章取義，對令狐冲大加鼓勵！

> 大師哥，小師妹對你關心得很，半夜三更從白馬廟回山來，她一個小姑娘家，來回奔波六十里，對你這番情義可重得緊哪。她臨去時千叮萬囑，要你無論如何，須得修習這部紫霞秘笈，別辜負了她……她對你的一番心意。
>
> 《笑傲江湖》第十一回〈聚氣〉

令狐冲不樂得瘋了麼？

日後他親眼見到岳林二人親暱的情境，又逐漸知道自己各樣缺點，如好酒鬧事、浮滑無行，而林平之卻是個「小君子劍」的模樣，令狐冲到此不自暴自棄才怪。

就在此時，第二個糖人兒來了，人雖未有露面，但她的影響力緩如了令狐冲的激動，先是讓他一訴怨鬱，又授他「清心普善咒」之曲，使得令狐冲覺得上還有可戀之處。沒有任盈盈及時出現，令狐冲已經完蛋了。

在情愛上，任盈盈完全採取主動，她對令狐冲的愛，比之岳靈珊對他的敬更深得多，又再捨命相救，要知任盈盈面皮薄，負他上少林求醫，教天下人盡知，付出的不可算不大。她各樣條件都不比岳靈珊差，如此種種都未能將岳靈珊的影子從令狐冲的腦海中冲淡，可見令狐冲受「糖人兒情意結」影響之深。

在少林寺一戰，岳不群刻意相誘，令狐冲至此還是意亂情迷，把持不定，還妄想娶岳靈珊為妻，陷溺之深，可見一斑。

後來林岳二人雪中刻了「海枯石爛，兩情不渝」，令狐冲又覺心酸；知道岳靈珊嫁給林平之還傷心得哭了；見到新婚燕爾的小師妹容色憔悴，又再不能自已。可見雖有個更好更大的糖人兒，但要他釋懷，也須經過一大段內心交戰才可。

直到令狐冲與任盈盈驅車官道之上，奔去保護林岳二人，令狐冲的「糖人兒情意結」才算是完全過渡，任盈盈終能取代岳靈珊在令狐冲心中的地位。（見《笑傲江湖》第三十五回〈復仇〉）。

「神仙姊姊」的煩惱

以前每次讀《天龍八部》，總覺得王語嫣忽然轉向段譽好像來得有些突兀，最近一次再看時卻有不同感受。

慕容復是她第一個喜歡的糖人兒，慕容復待她不算很好，也沒有待她不好，兼且王語嫣也沒有接觸過其他少年男子，青梅竹馬、中表之親，不對他傾慕才怪。

段譽當然比慕容復更能做個好丈夫，可是段譽獃頭獃腦、傻裡傻氣的模樣，又怎比得上神威凜凜的慕容復呢？故此段譽縱然屢次捨命相救，又窮追不捨，也未能打動「神仙姊姊」的芳心。王語嫣對段譽雖然十分感激，但她既有非君不嫁的念頭，自不能對段譽假以詞色。

王語嫣第一次死裡逃生，對慕容復還念念不忘，畢竟那次慕容復未有當面向她表白，祇是差公冶乾來其力她。而在井畔一席話，慕容復正式回絕王語嫣的愛意，她方能從夢中醒覺過來。慕容復心胸狹窄，無情無意的真面目亦同時顯露無遺。至此王語嫣才對慕容復死心。

王語嫣衝破「糖人兒情意結」的樊籠看來是一瞬間的事，但是遠因早種，這一段描寫得十分精采：

> 兩度從生到死，又從死到生，對於慕容復的心腸，實已清清楚楚，此刻縱欲自欺，亦復不能，

再加段譽對自己一片真誠，兩相比較，更顯得一個情深義重，一個自私涼薄。她從井口躍到井底，雖只一瞬之間，內心卻已起了大大變化，當時自傷身世，決意一死以報段譽，卻不料段譽和自己都沒有死，事出意外，當真滿心歡喜。

《天龍八部》第四十五回〈枯井底　污泥處〉

要知若沒有一個癡人段譽如此鍥而不捨，主語嫣要順利過渡這「糖人兒情意結」恐怕沒有可能。段王二人在井底訂下三生之約，慕容復又被鳩摩智打落井底，慕容復對二人相好的反應卻頗堪玩味：

……（慕容復）心下暗自恚怒：「人道女子水性楊花，果然不錯。若在平日，表妹早就奔到我身邊，扶我起身，這時卻睬也不睬。」

慕容復卻不想想自己怎樣待人，大家既已緣訂三生，他老哥竟還望王姑娘如以前一般待他，真是笑話！

我應然想起許多前一部電影的宣傳語句：「她愛他的時候他不愛我，到他愛她時卻想他死。」電影我沒有去看，但是這句宣傳話卻留下印象。

「愛之欲其生，惡之欲其死」，古有明訓。人與人之間的情愛竟可以驀地消失得無影無蹤若此。

五蘊皆空，確是顛撲不移的真理。

陳世驤評《天龍八部》的人物情節為「無人不冤、有情皆孽」，書中人物受情愛的支配確常令人有驚心動魄之感。

阿紫和游坦之深陷「糖人兒情意結」之中而不得超生，失去了糖人兒，人也不想活了，於是相繼死去。

童姥與李秋水相爭幾十年，以佛家語而言，是未能去貪、瞋、癡三毒，也可以說是得不到心愛的糖人兒。「求不得」，相信是七苦之最。

趙錢孫得不到她的小娟而抱憾終生，阿碧寧可終日伴著神智不清的慕容復等等，都是「糖人兒情意結」作祟，是「糖人兒」的問題。

「糖人兒情意結」對人類心理成長過程的影響力，恐怕未必便遜於「伊底帕斯情意結」。

大眾的糖人兒

段正淳是大眾的糖人兒，他的情人非常之多。雖然他待文些情人都不好，但是她們還是死心塌地愛他。

甘寶寶說他做一天老婆也好。秦紅棉呢？背後說起段正淳，恨的甚麼似的，一見面，卻又眉花眼笑，甚麼都原諒了。王夫人未見面時罵他是老狗，見了面又是萬縷柔情，平時最恨人有了妻還在外邊有外遇，但卻原諒段正淳。所有情人都是如此。

這可以解釋為段正淳太可愛，可愛到跟他短暫歡娛，然後受苦十多載也是值得；可愛到他做甚麼事也值得原諒。

我以為段正淳未必如此可愛，祇一過一張嘴能言善道，騙得人死心塌地，個個女子以為他全心愛已而已。

第一個鍾愛的人兒不能完全佔有，則略為分潤一下，也算心滿意足。因此諸位莫要被假象所蒙蔽，段正淳如此「可愛」，祇是他手段高明，完全駕御這些女子。她們每一個都知他滿口謊言，但又甘心如此，那又有甚麼辦法呢？

糖人兒存心欺騙，那是莫可與敵的！

男女之間的情愛，原本難有對等的地位可言，不是男追女，便是女追男，總有一人身處求人之位。表面上是段正淳追求這些女子，骨子裡卻是這些女子求愛於段正淳。成敗得失在於段正淳的心中是不大重要，這些女子卻身陷「糖人兒情意結」之中。

為縛住箇郎，即使他不肯拜堂，但卻要先做做夫妻，處於不利地位的女方，難道還可抗拒嗎？妳不肯嗎？肯的人還怕少了？為免糖人兒被人奪去，甚麼都衹得應承了再說。

一個女子為了縛住她心愛的男人而為他生個孩子，到頭來箇郎原來不受這套，最後慘遭拋棄。這種故事，上說上有，電影上也有，連現實生活中也可看見、可聽見。

至於有些男子受女子所騙也甘之如飴，床頭金盡，便被人一腳踢開，道理也是如此。段正淳的情人們肯如此犧牲，實乃無可奈何，為求箇郎有好顏色相對，甚麼事情也幹得出。

若果你的糖人兒欺騙於你，你是死路一條，別人自然不能幫你，你自己也不能自拔。唯一可做的是焚香禱告，寄望糖人兒不要做得太絕，留條生路你行，不要害得你太慘。

心一堂 金庸學研究叢書

《金庸武俠史記〈射鵰編〉三版變遷全紀錄》 王怡仁
《金庸武俠史記〈神鵰編〉三版變遷全紀錄》 王怡仁
《金庸武俠史記〈倚天編〉三版變遷全紀錄》 王怡仁
《金庸武俠史記〈天龍編〉三版變遷全紀錄》 王怡仁
《金庸武俠史記〈笑傲編〉三版變遷全紀錄》 王怡仁
《金庸武俠史記〈鹿鼎編〉三版變遷全紀錄》 王怡仁
《金庸群俠身心靈診療室——蝴蝶谷半仙給俠士俠女的七十七張身心靈處方箋》 王怡仁
《金庸武俠史記〈書劍編〉〈碧血編〉——探尋金庸的修訂心路》 辛先軍
《金庸武俠史記〈白・雪・飛・鴛・越・俠・連〉編——探尋金庸的修訂心路》 辛先軍
《金庸商管學——武俠商道（一）基礎篇》 歐懷琳
《金庸商管學——武俠商道（二）成道篇》 歐懷琳
《金庸小說中的佛理》 鄺萬禾

《金庸雅集——武學篇》 寒柏、愚夫
《金庸雅集——愛情篇影視篇》 寒柏、鄺萬禾、潘國森、許德成
《金庸與我——雙向亦師亦友全紀錄》 潘國森
《金庸命格淺析——斗數子平合參初探》 潘國森
《金庸詩詞學之一：雙劍聯回目 附各中短篇詩詞巡禮》 潘國森
《金庸詩詞學之二：倚天屠龍詩 附射鵰三部曲詩詞巡禮》 潘國森
《金庸詩詞學之三：天龍八部詞 附天龍笑傲詩詞巡禮》 潘國森
《金庸詩詞學之四：鹿鼎回目 附一門七進士叔姪五翰林》 潘國森
《話說金庸》（增訂版） 潘國森
《總論金庸》（增訂版） 潘國森
《武論金庸》（增訂版） 潘國森
《雜論金庸》（增訂版） 潘國森
《金庸自個兒的江湖》（足本增訂版） 蔣連根
《金庸和他的家人們》（足本增訂版） 蔣連根